如果你开始渴望找回迷失的自己，
如果你在人潮中徘徊，泪眼蒙眬，看不清方向，
就在这里歇歇脚，
听听他们的故事。

许／你灵魂丰满，
愿／你欲望清瘦

万诗语 ◎主编

XUNI LINGHUN FENGMAN
YUANNI YUWANG QINGSHOU

 中国出版集团
现代出版社

愿你不再害怕孤独，

不再害怕去面对从前的自己，

不再急于寻求外来的安全感，

而是能从内心找到安定的力量，

找到坚持下去的勇气，

也就找到属于你自身的节奏。

不要过分依赖友情或爱情，

或者花很多心思去猜度身边的人对你是否真心，

一个人生活不会死，

体会孤单是成长必修课，

谁都要经历。

人生路漫长，

如果有一段路，实在没人陪你热闹同行，

你要对踽踽独行的自己说：

走过这段就好，

前方有更好的风景和更好的人等着。

青春就是用大把的时间彷徨，

只用几个瞬间来成长。

你能做的只是在每一场风雨过后，

别忘记把自己扶直。

每个年纪，

都有它相匹配的烦恼，

它都会在那个年纪的地方，

安静地等着你，

从不缺席。

对于那时的挫折和痛楚，

你要学会的是接受和坦然面对，

去承认自己的脆弱，

接受自己的不堪，

你要敞开心扉容纳它们，

告诉自己，

它们都是你生命里的一部分。

你披荆斩棘过，

也谨小慎微过，

横冲直撞过，

也不知所措过。

直到有一天，

你和内心世界的自己面对面，

才明白，

只有和自己握手言和，

生活才会与你相爱。

不要把理想寄托在某人或某物身上，

因为人和事都是会变化的，

你应该做一些更靠近自己的事，

然后让爱你的人主动靠过来。

许你灵魂丰满，愿你欲望清瘦。

你终会原谅伤害过你的人。

无论多么痛，

多么不堪，

等你活得更好的时候，

你会发现，

是他们让你此刻的幸福更有厚度，

更弥足珍贵。

你想起他们，

没有仇恨，

只有一些云淡风轻的记忆，

以及残存的美好，

他们每个人都变成你人生的一个意义，

在该出现的地方出现过，

造就了你未来的不一样。

亲爱的女孩，无论你经历过什么，

都要努力让自己像杯白开水一样，

要沉淀，要清澈。

白开水并不是索然无味的，

它是你想要变化成任何味道的根本。

绚烂也好，失落也罢，

总是要回归平淡，

做一杯清澈的白开水，

温柔得刚刚好。

如果你越来越冷漠，

你以为你成长了，

但其实没有。

长大应该是变温柔，

对全世界都温柔。

成熟，

是对很多事物都能放下，

都能慈悲，

愿以善眼望世界。

幸福的人都喜欢沉默。

一直喋喋不休说自己如何幸福的人一定内心是虚弱的。

当一个人内心足够强大时，

说与不说，都已无用。

最重要的是，

选择最适合自己的方向，

走下去，

找到生命中最确定的信息。

那些相似的人或事物终会走到一起，

那些不相似的人或事物，

终会背道而驰。

过自己想要的生活，

上帝会让你付出代价，

但最后，

更优秀更完整的自己，

就是上帝还给你的利息。

丰盈内心

许 / 你灵魂丰满，
愿 / 你欲望清瘦

目 录

Contents

许 你 灵 魂 丰 满 ， 愿 你 欲 望 清 瘦

许 / 你灵魂丰满，
愿 / 你欲望清瘦

许 / 你灵魂丰满，
愿 / 你欲望清瘦

第六辑 内心是个温暖潮湿的地方，适合任何东西生长

前 言

66

Preface

在纷乱的生活，愿你做更好的

99

　　也许，走过一些路，爱过一些人，受过一些伤，你才会明白，别人给的安全感都是幻觉，只会让你内心的不安肆意漫延。而真正的安全感，永远来自内心的独立和自足。

　　独立不仅让一个女孩得到尊重，更重要的是，它能让你少受伤！

　　你想要的安全感，到底是什么？是一个永远不会离开的男人，一个属于自己的房子，还是一个注定美好的未来？

　　安全感是人们的一个想法和说法。在你不知道它是什么的时候，往往都活得比较幸福。

　　后来你听说了这个词，慢慢开始感觉它，用到它，寻找它，还想永久地拥有它，于是苦恼慢慢地来了。

　　亲爱的姑娘，或许你觉得人生就应该是踏实的、稳定的、快乐的。但事实上,人生是一个动荡不安的过程。我们只是浮沉其中,打捞那些闪亮的瞬间而已。

我们无法对自己的生活负全责,只能去依赖他人。

当然,依赖是一件很舒服的事情。

但是,如果你依赖一个东西,它一定会很无情地给你打击。

一个期望从别处获得安全感的人,一定会最终失望和痛苦。

有些东西,别人给不了,比如独立、比如宽容、比如一颗爱自己的心。在某个人,某个工作,某个地方去找寻安全感和自我,很累、很傻。每个人都焦虑,每个人都有无法解决的难题。如果一个人,能勇敢一点,能正确地对待得到和失去,那就不会迷失自己,丢失安全感。

亲爱的姑娘,永远不要找别人寻找自己的答案,如此,你就会立刻不再依赖他人,内心升起自己本来的力量,懂得从容不迫地爱自己,属于你的一切一定会自然而然地出现,瞬间抚平你心中所有的不安和脆弱。

要做一个自带光芒的人,接受随时可以失去的现实。一个懂得爱自己的女孩,一定有一颗稳定的内心。充分认识到人生不安全之后,正确对待苦苦追求的财富、名声、爱情。赶快醒悟,没有什么东西是永远属于你的,对生活当下的感知,才是最珍贵的。

　　成长总会遇见一段像海洋一样幽暗的时光，请你相信所有不能打败你的，都使你变得坚强，也使你变得柔软。

　　如果你开始渴望找回丢了的自己，如果你在人潮中徘徊，就在这里歇歇脚，听听他们的故事。

　　找回最真实的自己，不是怯懦，不是旁观，不是孤芳自赏，而是独立清醒，不随波逐流，坚守自己的价值与原则，以轻盈的姿态抵御腐蚀的洪流，呵护自己与梦想。

　　关于自己、关于感情、关于生活、关于梦想，我想我们应该活出自己的模样。

　　愿你能成为与人结伴时不哗众取宠，独自生活时不顾影自怜的好姑娘，美好而有力量。

孤 独 之 前 是 迷 茫，孤 独 之 后 是 成 长

抵御
孤独

女孩子总会在遇到一些人，经历一些事之后，在一夜之间忽然长大。以至于后来遇见再大的痛苦、再深的孤独，都可以游刃有余，不以为然。这就是成熟的好处。

你不必害怕，
岁月会让你遇见更好的人

致女孩

总有一天，你会在人潮拥挤的街头，
与命中注定要伴你到白头的那个人，撞个满怀。
人潮拥挤，你等他穿过人海，向你走来，携手从此不离不弃。

　　这是我单身生活的第四年，今年二十三岁。一个人的生活里，难免会羡慕别人的爱情。

　　时间久了，我就慢慢告诉自己，其实也不必羡慕别人的爱情，我也可以轰轰烈烈，只是上辈子欠了岁月一个人情，岁月要让我多等待，磨练我的心性。我知道，好事多磨。越是迟来的幸福，越能让我知道等待与珍惜的来之不易。

　　岁月就是这样，总是把最好的留在后面。最好的安排，是时间给予的，自己掌握的。时间会替你摆平生命中的负能量，也会带走你放

不下的一切。你要不急不躁耐心地等。

在这个世界上，最英勇的事情不是奋不顾身地勇往直前，而是走一段路程后，观看一段风景，学会与自己对话，用自己觉得温柔的方式照顾好内心。

在生活中，你想找一件物品时，翻遍了家中所有地方都找不着。而当缘分足够时，你曾经翻箱倒柜寻找的那件物品却不经意间反复地出现在你的面前。

爱情也是如此，往往你越是渴望拥有的时候，越是遇不到对的人。即使贪图温存在一起，也是爱得两败俱伤，头破血流。而顺其自然的爱情，最好。不必伤心，不必费力，缘聚则爱，缘灭则离，彼此

温柔地说再见，分开以后也还能做朋友。

可是，最难过的爱情是，突然有一天，你曾经撕心裂肺爱着的人突然爱你了，可是你却对爱情麻木了。

幸好，我还等得起，在还未向岁月认输之前。这世上一切孤独的等待我都等得起。因为我相信，未来的某个日子，你会摘一朵我最爱的栀子花，穿着我最喜爱的格子衬衫，帆布鞋，笑眯眯地递给我，然后温柔地说，不好意思，让你久等了。以后的日子里，我陪你走过春夏秋冬，陪你花好月圆，陪你细水长流。

时间能做的，并不只是单单地让你忘记一个人，或者一些事。时间也可以证明，证明你的成长，证明你所有的孤独是为了破茧成蝶，证明你花费力气与青春的等待没有白费。单身的人就像一只蝴蝶，破茧成蝶前，总要经历一段孤独不安的时光。

你只有在一个人的时光里让自己变得足够优秀，才有资格来说单身的骄傲，边等边找。

不要再沉湎于往事了，因为你拥有的只是当下，以及明天。昨天都成为了奢侈的怀念，你还耿耿于怀有何用呢。

总有一些美好，是辛苦等待换来的。所以，你要相信，属于你的总会到来。只是你需要安静耐心的等，在等待的过程中，试着让自己变得更丰盛，强大。

你要记得，成功的人并不是像兔子永不停歇地奔跑，而是像乌龟那样，虽然慢，但懂得欣赏沿途风景，凭着热情与坚持不懈的努力，也会取得胜利。

等待，是为了更好的遇见，为了有更多的机会选择一个正确的人。等待不是挑剔，也不是眼高手低，等待只是让自己学会淡然的生活，正确的选择。但是，在孤独的等待这一段时光里，又恰恰是生命的历练。

柴静写的《看见》一书中，有这样一句话，印象深刻，"痛苦是财富，这话不对。姑娘，痛苦就是痛苦，对痛苦的思考才是财富。"

对的，爱情也是如此。不要总把受伤的爱情当作成长必经之路，伤痛多了，会害怕。

难道没听说过一朝被蛇咬，十年怕井绳吗？如果在爱情中总是受伤，只会让自己变得越来越脆弱。

如果你此刻很孤独，哭出声来好吗，别再强撑着了，也别再掩盖自己的脆弱。你本来都还年轻，本来也需要别人关心呵护，嘘寒问暖，何必装出一副百毒不侵的样子。

我知道，单身的日子不好过。想认真珍惜一段缘分时，可是没人与自己谈恋爱。想与心爱的人一起旅行远方时，可是你等的那个人姗姗来迟。不过，不要害怕，你一定要相信，在最不好过的日子里如果能活出一种坦然，一种随遇而安，也是福祉。

亲爱的，我们内心都是孩子，外表的强大只是为了防止被欺负。耐心地等待着一场爱情，边等边找，像年少时，等果子成熟时，去山坡上摘野果；像生病住院时，等着身体赶快好起来，去大餐一顿；像第一次住校时，害怕黑夜，等待着天明；像求职的第一天，害怕上班

迟到，早早地等待着公交；像父母生日时，为了给渐渐老去的他们一个惊喜，提前好几日准备礼物，就等着他们生日的到来。

你看，这些等待都是有盼头的，有希望的，都能够实现的。所以，你要相信，现在寂寞短暂地一个人生活只是为了让自己遇见更好的人，为了不将就着生活，能有更好的选择。

　　我们每个人都会遇见陪自己走过一生的人，不必因寂寞而凑合着恋爱。亲爱的，你一定要相信，在还未老到无能为力之前，你永远都等得起一份对的感情。

　　亲爱的女孩，你不必害怕，岁月有的是时间让你遇见更好的人。

（沈善书）

有 的 是 机 会 开 始 ， 别 急 着 结 束

致女孩

也许你现在仍是一个人吃饭、一个人看电影、一个人睡觉、一个人乘地铁，

然而你却能一个人吃饭、一个人看电影、一个人睡觉、一个人乘地铁，

这样的状态本不用悲伤，

因为很多人，离开了别的人，就没了氧气，没了生机，可你没有。

所以此刻，你的孤独，虽败犹荣。

　　我认识一个努力奋进，积极努力生活的姑娘，她比我大一岁，每次和她聊天，总是讨论最多的事情无非是结婚和生活中一些琐碎的事情。

　　前几日她去相亲，对方条件不错，公务员，有房有车，是姑娘喜欢的标准，但是那个男生明明比姑娘大，但是一听姑娘是 80 后，立马说：想找个 90 后。结果连面都没有见。

　　我只能跟姑娘说大多数亚洲男性的审美是偏向于萝莉控，也许因为他们无法接受伴侣比自己成熟。他们中有很大部分喜欢控制和统治对方，有特别强的主权心态，对伴侣的要求就是乖，听话。这在一定程度上反映出他们内心的自卑和不自信。

我觉得所谓的"剩女"或者"孤独女"都不可怕，可怕的是你没有做好准备，也没有具备相应的能力来面对这样的生活。邻居阿姨、单位热心大姐冷不丁的关心也会让你冒出阵阵虚汗。还没结婚呢？咦，你还没结婚？咋还不结婚？那语气让你觉得原来自己好像有着不可告人的缺陷。

就像你永远不知道蚊子会在什么时候叮咬你一口一样，某种煎熬还是会与你不期而遇。

生活中遇到一些姑娘寄希望于未来，寄希望在另一个男人身上，觉得如果自己遇上另一个人自己的生活就会发生翻天覆地的变化，就会和对方过上好日子。

曾经在一篇文章里看到：有些人只能生活在人群中，一旦一个人，就生不如死。有人说，这也是现代人的通病——害怕独处、害怕孤单、害怕一个人。

很多"聪明"的女孩子，从家里出来之后，赶紧找个人嫁了，实现从一个"家"到另一个"家"的完美过渡，中间不给自己留一点

"独处"的缝隙。

可她们不知道的是：一个不会与自己相处的人，也一定不会和他人相处。

女孩子一定要过几年一个人的生活。不是一个月、半年，是至少一年以上，如同训练一样。让女孩子一个人生活，不是为了锻炼她做家务、整理房间、烧菜的能力，而是学习如何与自己相处。而在女人的一生中，没有比学会如何与自己相处更重要的了。

一个人独立生活，尤其是女孩，关系到一个底气的问题。它会带给你一种不依傍的自信，这种来源于自身的能量，可以让女孩在恋爱，或者是婚姻中留有属于自己的空间。

听过太多女孩只要深爱，就忘了自己的惨痛故事。女孩失去自己，断断不会是因为爱上了一个人，而是在此之前，就没有觉察到自己的存在，只不过，之后被更深地湮没了而已。在很多年里，同学、同事、朋友前拥后抱、热热闹闹，让人误以为这就是生活的常态。但其实，孤单才是永恒的状态。

学习如何与自己和解、如何与孤独相处、如何与时间为伴，是每个女孩的必修课，而且它如同养分，对人的滋养，是缓慢渗透的，所以这堂课，越早上越好。

可一个人生活总是难的，更多的空闲时间扑面而来，无聊也随即铺天盖地，还要战胜来自内心和外界的恐惧，只是想想，就觉得坚持不下去，刚开始，我也这样认为，但真正做起来，完全不是这样。

一个人有没有过好自己当下生活的能力；能不能感受到自己当下生活的快乐；对自己的当下如果不满，能不能及时做出改变和调整。这是关乎一个人生活品质高低的重大事情。

一本名叫《牧羊少年奇幻之旅》的书似乎给出了答案：

"我现在活着。当我吃东西时，就只管吃，当我走路时，就只管走。如果必须去打仗，今天死还是明天死对我都一样，因为我既不生活在过去，也不生活在未来，我只有现在。它才是我感兴趣的。如果你能永远停留在现在，那你将是最幸福的人。你会发现沙漠里有生命，发现天空中有星星，发现士兵们打仗是因为战争是人类生活的一部分。生活是一个节日，是一场盛大的庆典，因为生活永远是，也仅是我们现在经历的这一刻。"

一个人的生活就像一张白纸，我们有的是机会开始，只是，别急着结束。（有理得理）

成 熟 的 女 孩 ， 懂 得 享 受 孤 独

致女孩

即使以为自己的感情已经干涸得无法给予，
也总会有一个时刻一样东西能拨动你心灵深处的弦，
我们毕竟不是生来就会享受孤独的。

我想起了自己的十七岁。

那时的我算一个小小的名人，已经在杂志上发表了很多文章，还有很多没有发表过的小说以"手抄本"的形式在学校里流传。

那时候我是全校收信最多的人，读者给我的来信，要用麻袋拖。

可是，即使是这样被关注、被簇拥，我还是觉得，自己非常孤独。有时我甚至觉得，自己在人群中就像一个异类，没有人愿意听我说话，也没有人能够懂得我。

孤独的感觉和孤单不一样，孤单是自己一个人的时候的感觉，但孤独，就算你置身在千万人中间，就算那千万个人同时在亲切地对你低语，那种感觉依旧存在，甚至更加强烈。

对有些人来说，孤独会是其一生如影随形的伴侣。甚至，当你已经长大，结婚，有了自己的孩子，每天都被爱你的家人环绕时，那种孤独的感觉还是会毫无预兆地向你袭来，甚至更加强烈。

我们都必须学会与自己的孤独和平共处。而学会与孤独相处的最重要的一课，就是不要被孤独的感觉吓到，不要因为想驱赶孤独，就随便投奔到一个不安全的地方，相信了不安全的人。

人这一生，最大的敌人就是他自己。但同样的，人这一生，最好的朋友，也是他自己。

我记得好多年以前看亦舒，看到她说林青霞不敢回家，因为到了家中，家人簇拥，母亲不时嘘寒问暖，连孤独的权利都没有。

你看，你把孤独看成可怕的敌人，却有人，视孤独如知己。

我不记得我是从什么时候开始不再害怕孤独的，大概是我真正长大之后吧。我当过十年的电台主播，第一次坐到播音台前，第一次听到周围的世界里除了自己的声音之外空无一物，那种感觉很孤独，却

不再让我失落。

　　一个人去看电影、一个人去逛商店、一个人喜欢着一个男生有什么可怕？总比下一秒钟，那些深埋心底的喜欢变成了被出卖的笑料要好得多。

　　当你不再害怕孤独的时候，就是你终于长大的那一天。一个成熟而享受孤独的女孩，她一定会拥有自己最坚韧的东西。（张小娴）

孤 独 之 前 是 迷 茫 ， 孤 独 之 后 是 成 长

致女孩 ●

如果你觉得难过、郁闷，如果觉得挫折不断、孤独难受，那么对自己说：
什么都没有的时候，还有未来来。
如果失去了耐心，那么我们将会失去更多。

　　有阵子想出去旅行，出发前信誓旦旦，临出发的时候却开始顾虑
了。向好朋友讨教经验的时候，我问她，一个女生一个人背着包到处
乱跑会害怕吗，她就很奇怪为什么要害怕，仿佛在她眼里一个人生活
从来不是什么问题。

　　现在让我回想起当时的旅行，其实旅行根本就没有那么浪漫，旅
行只不过让我们短暂地逃离自己的生活而已。去了几个热门的场景，
拍了几张漂亮的照片，到最后只会变成旧相片遗忘在回忆的角落。一
个人旅行最大的意义，就是跟自己独处，让你自己认识自己。

　　我们都将会面对孤独，这不好也不坏，只是生活而已。有一天你终会破蛹而出，成长得比自己想象得更好，但这个过程会很累很辛苦，甚至常常让你失望。我们常会面对接踵而来的现实和困难感到无力，但这也只是生活的一部分，做好我们能做的永远是最好的办法。

　　我们都将孤独地长大，别害怕。

　　其实我们这一代人过得挺纠结的，既渴望被理解，又害怕被看穿。既想要能得到，又害怕去付出。

　　最怕有人来到你的生命里又离开，最后只剩下你一个人珍视着你们的回忆。

　　我们常常忽略一个力量，但它其实又是最有影响力的力量，它的名字叫"时间"。尽管时间谁也看不见，但是谁都能感觉到时间在每个人身上留下的痕迹，那些你想要抓紧的人，尽管你们每天写信，尽管你们发过几千条短信，聊过几十个通宵，尽管你发自内心地不想失去他，可他偏偏与你渐行渐远。

　　这几年，我经历了无数次退稿无数次修改到出第一本书接下来的第二本，从害怕一个人吃饭一个人坐车到习惯一个人到处旅游，才真正明白孤独到底是一个什么样的东西。它是你的一部分，它是天使也是魔鬼，它能让你变得更好，也能让你万劫不复，你无法逃离它，你只有面对它。你要做的永远是静下心来去努力，要比之前的你更努力。

从某种角度上当我坐飞机比坐地铁还频繁时，当我拍下照片不知道跟谁分享的时候，我就知道我已经被时间带到了这样的一个分水岭了，它带给了我们一样迟早要面对的东西，孤独。我以前认为孤独的人都是可耻的，后来才发现孤独不一定是件坏事，最怕的是你什么都敢做，什么都敢说，却不肯承认你孤独。

我对于孤独从来没有什么好办法，我只能去适应它。因为我知道孤独这种东西是我们摆脱不了的，我们只有去面对它，越早能明白这一点，就能越早开始自己的生活。

仅此而已。

如果觉得难过、郁闷，如果觉得挫折不断、孤独难受，那么对自己说：什么都没有的时候，还有未来在。如果失去了耐心，那么我们将会失去更多。

我们都将孤独地长大，别害怕。（卢思浩）

成熟，是你将哭声调成静音的过程

致女孩

亲爱的小姑娘，我向你保证，
人这一辈子的幸福与苦难，绝对都在你的承受范围以内。
生活比你还要了解你自己，它可狡猾了，
它给你的苦涩，永远让你失望而又不至绝望，
而给你的甜蜜，永远让你浅尝辄止而充满想头。

就在刚才，在洗手间里，我听出了在隔间里伤心哭泣的人，正是我们办公室新来的小姑娘。回到我的办公室，面对电脑上瞬间涌入的十多封邮件，我突然发现即使最好的现磨蓝山咖啡也无法让自己平静下来。

亲爱的小姑娘，我知道在你的眼中，我忙碌得要发疯，又无趣得要死，所以我写这封信你一定吃惊之极，但是我写了，因为我并不真的那么忙，更不无趣。

我想今天对你来说，一定是很难过的一天。早上，你红着眼睛来

上班，我知道你一定又和男朋友吵架了。上午你接了一个电话，脸色立刻黯淡了，是房东要涨房租。

度过了这样的半天，也就难怪在下午的会议上，你做幻灯演示的时候语无伦次，以尴尬的沉默告终。接着，在我要上周就交给你做的报表，而你说你还没做好的时候，我板着脸告诉你，如果你不搞明白什么事情是不能拖的，后果将十分严重。

然后我就去忙自己的了。你也许没注意到，我也有自己的上司，如何让他满意是我每一天最头疼的问题。直到我在洗手间里听见你的哭泣，我才又想起你来。你哭泣的声音还那么的稚嫩，于是我一下子想起了，你今年才二十三岁。

二十三岁时候的我自己是什么样子？碰巧，在我记忆中最清晰的也是一次哭泣。

那天，我现在的老公，当时的男朋友和我在电话里分手，我独自去火锅店吃了一大锅毛血旺，接着发现我的皮包被偷了，所有的生活费和银行卡都在里面。刚从警察局立案出来，我接到了大学同学的电话，邀请我去喝她的喜酒。我就那样在冬日的街头上，不顾过往行人诧异的目光，放声大哭。

也许生活要让每一个女孩都从一场痛哭开始，了解它玫瑰面纱背后的真面目。而每一个女孩，在生命中的某个时刻，都会被这样的严酷恐吓得失去斗志。

但是亲爱的小姑娘，我向你保证，人这一辈子的幸福与苦难，绝对都在你的承受范围以内。生活比你还要了解你自己，它可狡猾了，它给你的苦涩，永远让你失望而又不至绝望。而给你的甜蜜，永远让你浅尝即止而充满想头。

人在二十多岁的时候，总是愿意相信一句话：生活在别处。你们很轻易地放弃一份工作，很轻易地放弃一段爱情，很轻易地放弃一个朋友。可惜人要到很久之后才能明白，这世上并不存在传说中的"别处"。你所拥有的，也不过是你手上的这些。而你兜兜转转最终得到的，也不过是你在第一个站台错过的。

所以小姑娘，我要对你说出今天的第一句忠告：好好工作。工作是一切并非天生公主的女孩成为女王唯一的方式。工作是一切自由幻觉中最接近现实的一种。更重要的是，工作帮助一个女人学会怎样爱自己，然后你才能好好地爱这个世界，爱别人，以及被爱。

我知道，在你的眼里，三四十岁的女人已经老得如同隔夜菜了。没关系，我不介意，因为我自己二十出头的时候也是这样想的。让我再告诉你一句话：比老去更可怕的是老了老了，还没在社会上找到自己的位置。所以亲爱的小姑娘啊，你得加紧了，否则你一回首已是三十身。

现在的你，距离一个成熟、专业的职业女性，还差得很远。

你看，当你穿着泡泡纱公主裙来上班，或者在我和你谈话的时候顺手抓起一个文件夹支着下巴，作为一个女人及一个妈妈来说我觉得你十分可爱，可是下一次我考虑下属升职的时候，可能我无法选择你。

我不需要你下班后加班，小姑娘。我们这儿是外企，一切都是结果导向，苦劳不计入分数。但我还是劝你，不妨用功一点。

一个人的时间用在哪里是看得出来的，别跟着那些老男人小女人抱怨社会，你改变不了社会，也不可能重新选一个爸爸，对不对？你能改变的只有你自己。

但你也不是真的干得那么坏。怎么，你有这种感觉吗？

事实上当你在会议上颤抖着声音阐述你的新模型的时候，会议室里的那一片死寂代表的并不是不屑，而是震惊。因为长江后浪推前浪，我们这些前浪害怕死在沙滩上。所以我们当然不能让你发现我们被推倒了。

现在，让我们聊一聊爱情。我二十三岁那年错爱了一个不值得的男孩，导致了我和现在的老公，当时的男朋友的分手。还好后来我又有一个机会回头。而你，亲爱的小姑娘，我不得不说，你分明也在一场错爱之中。这一点我从你红着眼睛来上班的次数就可以知道。

不过没关系，每一个女孩的二十三岁如果不浪费在错爱之中，简直就是一种浪费。过一段时间，你一定会像当年的我那样明白过来：爱情，归根结底是为了快乐。虽然现在有一个流行的词叫作"虐恋"，但生活不是电视连续剧，和错的人一味纠缠下去也拿不到片酬。

女孩的心灵结构是这样的：最外面的一层属于没有希望的追求者带给我们的小心动；中间的一层属于会伤我们心的坏男人；但是最深刻、最珍贵的心灵角落，永远只属于那个能让你真真切切地感受到爱的男人。

我说得对吗？仔细地感受一下你的现任男友，他伤过你的心很多次，但你在流泪的同时又隐隐觉得，其实他并未触碰到你内心深处，那最细腻敏感的地方。别怀疑，你值得更好的。

最后是金钱。恭喜你，你开始意识到钱的重要性了！请你非常清楚地明白这一点，在你大学毕业之前，生活不是不严酷，只是当时是你的父母在为你付账单。而现在，你进入社会了，你自觉地将许多欲望视为自己的责任了。

你毕业于不错的大学不错的专业，口齿伶俐，相貌清秀。我觉得你真的可以算是非常幸运的女孩了，你觉得呢？其实我也觉得自己十分幸运能够以这样的薪水雇到这样的你，当然我不会告诉你的。等到你自己发现的那一天，我再适当地给你加一点薪水。

你是这样地幸运，你却羡慕我的房子、我的车、我的钻石耳钉。我都不知道你在羡慕些什么。我有的岁月都会带给你，而你有的我再也不会回去。你真的没有必要因为你的衣服不如别人，包包不是名牌，或者存款还不到五位数而觉得不安。因为我们每一个人都是这样过来的，再也没有比二十三岁的贫穷更理直气壮的事情了。

而相反，你不知道当你的年轻肌肤上带一点汗水，在我们这些老家伙的眼中是怎样千金难换的美好。

我不是说我羡慕你，因为我自己的二十岁过得足够耀眼。其实我喜欢现在的自己。我喜欢每一个阶段的自己。在我像你一样二十多岁的时候，我就像一个没戴眼镜的近视眼，这个世界在我的眼前是混沌的，唯一清晰的只有我青春美丽的身体。

但现在，这个世界对我来说，很清楚。我眼前的路，我眼前的人，当然也包括你。

　　写到这里，我突然发现，如果我有机会回到十年前，我不会改变任何一件事情，因为我舍不得每一个选择带给我的回忆，即使并不完全是美好的。

　　所以，亲爱的小姑娘，虽然，生活在今天对于你来说，天是暗的，风是冷的，也许喝口凉水都会塞牙。但是，我多希望能让你了解，一切最终都会化为一个会心的微笑。

　　请好好享受你的二十三岁，努力而不费力地，等待岁月为你揭晓的答案。

　　你看，生活总是令我们出其不意。你在洗手间里的一次哭泣，却让你的上司老女人理解了二十三岁时的她自己。为此，我要谢谢你。也同时决定了，我只会将这封信存在我的电脑硬盘上。因为你，亲爱的小女孩，有权用你自己的方式成长。（佚名）

选择了什么，就去承受什么

致女孩 ●

每条路都是孤独的，慢慢地你会相信没有什么是不可原谅的，
没有什么人会永驻身旁，也许现在的你很累，
但未来的路还很长，不要忘了当初为何而出发，
是什么让你坚持到现在，勿忘初心。
丢失的自己只能一点一点捡回来，也许每一个人，都要走过很多的路，
经历过生命中无数突如其来的繁华和苍凉后，才会变得成熟。

　　一年前，一个朋友对我说："我很讨厌现在的生活，每天按部就班两点一线，去到同样的地方，吃着一样的食物，复制昨天的生活。毕业之后，我最大的遗憾就是没有出去闯一闯，去看看外面的世界。"在她说话的时候，冒着热气的茶杯躺在手边，在斜阳浅照的小奶茶店。

　　一年来，我的一些奔走在北上广的同学，那些生活在经济中心，享有最丰富的机会和职业种类等各种资源的人们。翻看他们的说说或博客，出现的最多却是"孤独、想家、落泪……"这样令人心酸的字眼。

我们究竟想过一种怎样的生活？

每个年轻人在工作的最初都会遇见一个孤独的时刻。青春将尽，少年们站在人生的十字路口，抬头看是美丽宁静的天空，低头看是泥泞不堪的土地。

不管往哪一个方向去行走都有着无限的可能性，但，也同时同危险和不确定性相伴而行。

如果有一辆开往终点的公交车，车上已拥挤不堪，第一种选择是你挤上去，公交车会以最迅速的方式送你去到想去的地方，但你需要去奋力同别人争夺有限的空间，甚至可能与别人发生冲突或发生不可预知的其他危险；第二种选择：跑步去目的地，这样做的好处是空气清新风景美好，但要慢得多，并且要忍受很多的风吹日晒。

你会选择怎样的一种生活？

记得在小的时候，不管妈妈在我书包里塞了再多的零食，我还是会盯着别的小朋友手中的零食流口水，自己的总是比不上别人的。

所有漂泊的人生都梦想着平静、童年的小院儿和金黄的油菜花，正如所有看上去安逸的人生都幻想着高楼大厦、灯红酒绿和醉生梦死。

漂在北上广的人们总是念着"此心安处是吾乡"。留在家乡的小城市的人们总是抱怨环境的单一和限制,憧憬着外面的世界。

曾经有人说,别人的生活,就如同被他自己处理过的照片一样。只是"看上去很美"。我听到后猛烈地点头。

其实,我们所向往的,另一种人生,其实真的只是"看上去很美"的一种生活,其中滋味,甘苦自知。而无论怎样的生活都是普通人的五味杂陈,所有的光鲜亮丽都是一种经历,不是幸福感。

不管你选择了哪一种生活,都要承担选择的代价,你会得到一些,同时失去一些,这是必然的。

那么这仅有一次的生命,我们该怎样去度过?

你内心真正渴望的是什么?是追逐成功路上流汗的快乐?是温暖客厅里面一盏暖色的灯?是外面世界的精彩?还是别人的认同?是精神的自由?还是地位和名声?

这些问题,在外面找不到答案的时候,请记得回到自己,去问问自己的心——所有的答案,其实就在那。我们本身具有的资源,已经足够让我们幸福一生,原本无须再向外去探寻。

　　与其羡慕别人的光鲜，哀叹自己的生活，不如将更多的精力用在创建更好的自己。他人口中的价值观，别人眼中的光环，真的只是梦幻泡影而已。

　　生活，究其根本是自己的事情，经营好自己的青春，笑对孤独，战胜它。请不要负了仅有一次的人生。（赵亮）

人 在 孤 独 的 时 候 ，
才 能 与 自 己 的 灵 魂 相 遇

致女孩

你也曾迫切地想与一个人好好聊聊，

不仅是寒暄，而是真正的交流，

却发现共同的话题更换了无数遍，熟悉的人早已不再拥有曾经的情怀，

你被无数个"哦"、"好吧"打败。

你终于明白，不合群只是表面的孤独，合群了才是内心的孤独。

　　我有很多一个人过的节日，一个人过春节，一个人过生日、圣诞节、情人节、平安夜。

　　起初，也会在一个人经过熙熙攘攘的街道时觉得寂寞，七年前初到青岛，正值圣诞节，大街上都挂着七彩的灯笼，遇见的情侣，女孩把手插进男孩的衣兜里，男孩一脸甜蜜，会觉得羡慕，也会想匆忙逃离这尴尬而窘迫的气氛。

　　冬天的大海，平和，海水被风温柔的吹到你面前，像拉起的帆布鼓起又落下。

坐在礁石上听离散的海鸥一声声凄迷地叫着，远处的地平线，有孤独的灯塔亮着橘色的光芒，时不时有一家老小父亲牵着小小的女儿在沙子上掘贝壳，玩具们零散地散落一地，母亲在一旁堆沙堡，女儿时不时铲起一锹沙子，激动地喊："又抓出了一只。"小手肉肉地将张牙舞爪正在往沙子里钻的小螃蟹揪出来，眼神怜爱地捧进红色水桶里。

有时一家三口穿着亲子装，父亲细心地揩去妻女发间的沙子，在额上不由自主地亲吻一下，我常安静地坐在一旁看。

有一对情侣，就在我面前求婚了，女孩和男孩不发一言地走着，男孩忽然将女孩一把抱起，远处冉冉的落日正洒着暖色的余晖，男孩抱着女孩转了几圈，忽然女孩就激动地哭了，后来两人不知道说了什么，在周围人的笑声里羞红脸地跑走了……

一串脚步声跑来，一串脚步声又跑远，冬天的海洋，就像永不散的帷幕，看着一个又一个故事。

故事里的人，幸福就定格在这一瞬间了，想想我们如果能活在故事里，就什么都不会走失，求婚的人好像永远活在捂着脸感动的哭泣的瞬间；小小的女儿好像从来不会被什么伤害，坚信逃跑的螃蟹会变成帅气的王子亲吻自己；父亲的白发不会多，妻子的笑容是永恒的美丽；沙子永远铺满落日的余晖，归家的船帆吹起响亮的号角；闷哑的海鸥一声接一声地叫着：要幸福。今晚月光那么美，你的容颜惹人沉醉。

那时十九岁。

十九岁的女孩自然充满了幻想，总相信未来的爱人会披荆斩棘，像王子杀死暴兽出现在自己面前，虽然脚步疲软但眼神漾满了温情，被欺骗，伤害，也依旧像第一次向佛祖祈祷一样：愿我爱的和爱我的人都能幸福安康。

可等到长到二十多岁，身体的每一处肌肤，每一块骨骼，都装满了不愿向人道明的情绪，有时白天一定要把自己弄到很疲惫，很疲惫，夜晚才能入睡，便渐渐明了，把自己哄乐，就是最美好的愿望了。

一个人生病，在水杯里热杯暖烫的红糖水；一个人去陌生的地方，必然会提前查好当天的路线行程，关门时会好好查清楚钥匙带没带；累时一觉睡到大中午，被子就是最温柔最不舍离去的情人，吃饭必然要注意营养，荤素搭配，熬汤时要切上薄薄的冬瓜片，切一只肉质鲜嫩的童子鸡，放上红枣、枸杞、沙参等慢慢烹煮。

在天渐渐变成黄昏，世界已出现了第一抹黑色时，捂着一杯暖暖的热水或者热汤，看窗外匆匆走来走去的行人，有人打电话向家人告别，有人提着行李重新踏上征程，身体在几分钟后，已经得到了足够的温度。

若能在生日时、难过时，能打通一两个朋友的电话，有几个故友把酒庆祝，已经是莫大荣幸了。

现在也越来越觉得，有很多快乐的感受，你都可以自己给自己。爱情不过是人生的催化剂，有，更好，没有，也没那么糟糕。

享受能把自己哄乐的时光才最重要，没有人比你自己更能体会自己的情绪，窘迫或者欣喜。自己的左右手就能给自己化解一切尴尬，拥抱自己寒冷的身躯。

难受时，睡觉；开心时，微笑；累了，就回家。一个女孩越是长大，越要给自己一个足够放松的空间，在这个空间里你可以恣意地肆无忌惮地做自己，年龄越大，生活越简洁明了，处理一切的程序都干脆利索，想要的就努力工作买给自己，不合适的感情就手刃干净，不怀念不抱怨，迈开步子往前走。

没有什么忘不掉的过去。

许 / 你灵魂丰满，
愿 / 你欲望清瘦

　　你曾经思念过，也曾经挨过寂寞和寒冷，但愿有一天，你给予了
自己依赖和力量，成为自己的骄傲。（佚名）

孤独是不可避免的"矛"，
但你是自己的"盾"

致女孩

有一种寂寞，身边添一个可谈的人，
一条知心的狗，或许就可以消减。
有一种寂寞，茫茫天地之间，余舟一叶的无边无际无着落，人只能
各自孤独面对，素颜修行。

夜里经过什刹海，不知道是哪家酒吧传出的《风吹麦浪》，跃过嘈杂，落进我心里。

人来人往，很久没有为喜欢的一首歌停下来，很久没有为漂泊的一座城点盏灯，很久没有为不完美的自己找借口来放松，很久很久，我们游荡在未来与现实的雾霾中难以权衡，也很久没有开心。

小时候得不到一块糖，会哭会闹，却转身被电视剧里的流光溢彩所吸引。再大一些，在学校里因为调皮被批评，或者和朋友吵架，都会带着负面情绪度过每堂四十五分钟的漫长课时，却在下课铃响起时再无芥蒂。后来情窦初开,稀里糊涂喜欢上青梅竹马的男孩,最后熬到兵分两路,各安天涯,也迟迟没有等来想象中的撕心裂肺,充其量是有那么一点点失落吧。

毫无疑问,这些短暂的,稀疏的,好像不值一提的素材都在回忆滤镜下,变成了具有 LOMO 特效的电影,随时拿出来翻炒、编辑都能是段风光旖旎的巨史佳作。

不知道你是不是也有这种感觉?活在青春那端的自己,无论何时,都显得更开心一些。

反而是如今自称大人的我们,对烦恼和孤独的抵抗力下降,对琐碎和平凡失去耐心。白天打着领结或踩着高跟鞋出入各类高端写字楼,西装革履气宇轩昂,从不对任何事物示弱,夜里却眼巴巴端详着朋友圈里的普通热闹深觉格格不入,为什么别人的生活看起来永远那么美好?为什么我看上去如此落寞?

2014 年底,我应约签了两本书,按计划,现在应该至少有一本快要面世。但现实却是我在反复的拖沓懒散中逐渐丧失信心,直到得了一种叫"打开文档就恶心"的病症,夜夜发作,心痒难耐,询问身边很多朋友,也没寻着个切实有效的药方子。

所以那段时间我特别害怕下班，害怕下班以后手表上滴滴答答从不停歇的时间，它们太慢了，分秒的割据单位被无形引力拉大。而那些像怪兽一样的孤独感，寄附在我心脏里，用它们尖锐有毒的指甲戳在每寸分叉神经上。

海棠正好，东风无赖，凡事绝对，必有一害。思想被扯不断的情绪纠结成一股乱麻，越逼迫越无奈，越无奈越努力，越努力越空白，越空白越加倍逼迫，于是在周而复始的恶性循环里，我变得忧郁、沉闷，睁开眼满世界都是尘埃。

写不出东西这种感觉比落榜更心塞，比失恋更痛苦，就算叠加起从小到大听过的所有心灵鸡汤，灌下，沁入鼻息，都不见丝毫气色。有时候看着身边的高产作者，字字动人，更加自惭形秽。

有时候忍不住赌气想，放弃吧。然后以这句话作为结束：原谅我在纷繁人世游刃有余，却始终没办法对无表情的自己谈笑风生。

人一旦在某刻失去对孤独和困苦的抵抗力，就很容易自暴自弃。现在回想起那段时间来，出走，反思，自省，每一种途径都尝试过，但老实说效果甚微，因为内心深处通往快乐的某个管道被长期堵塞，就很难豁然开朗。

世界越大，人心越小。

　　有天下午路过的帽儿胡同里，一位老人，合衣而坐，暗灰色墙壁在夕阳的映衬下分外柔和，旁边小狗慵懒地趴在地上，望着老人，老人望着远方，眼神并不呆滞。

　　我从旁边走过，哗啦啦，就幻想出了无数故事。

　　对啊，我最初写字的原因很简单，仅仅因为喜欢。但如果这份喜欢变成了负担，那就该停下来，重新审视这件事，重新找准支撑点，而不是用躲避和恼羞成怒的姿态来应对无常。

　　如果你压力大就去听演唱会，如果你失恋孤独了就去看书吧，如果你找不到方向就选择继续前行，如果你渴望的一切都还未到来，那就让等待的姿势更为虔诚。明天还有无数种可能性，千万不要在今夜就停止热情。

　　我们的努力是为了更好生活，但所谓更好生活的前提首先应该是对抗孤独和困苦，并且取悦自己。一个人连让自己开心的能力都没有，如何谈得上给予世界温暖？

　　我相信，做一个开心的人，才是治愈孤独和困惑最恰当的方式。

　　(闫晓雨)

|第二辑|

优等的心不必华丽，但必须坚固

我没想过要变得多强大，我只希望自己成为那种姑娘，不管经历过多少不平，有过多少伤痛，都舒展着眉头过日子，内心丰盈安宁，性格澄澈豁达。偶尔矫情却不矫揉造作，毒舌却不尖酸刻薄，不怨天尤人，不苦大仇深。对每个人真诚，对每件事热忱，相信这世上的一切都会慢慢好起来。

有些苦不值得抱怨，
因为你知道它迟早会变好

致女孩 ●

生活就是一场修行，修自己的耐心、恒心、平常心。

如果能够承受巨大的失落，眼看着美好被岁月和生活消耗。

如果还能在这样的现实中，保持创造和热爱，那你就是真正的强大了。

就像罗曼·罗兰说的那样："世界上只有一种英雄主义，

那就是在认清生活真相之后依然热爱生活。"

　　早些年，每次说到我在北京的时候，父母的朋友总会说：真不错，敢去北京。再听说我在一家不错的传媒公司任职，他们就更觉得我一个外地人在北京打拼不容易。

　　其实我们公司的大老板、二老板、三四五六七老板，都不是北京人。

　　在北京的大多数单位和企业，里面的大多数人都是北漂，所以谁都不是别人眼里的外地人。也许，在无数常驻北京的打工人心里，北京人才像是外地人吧。

每次回家过完节，重返北京时，心情都是最复杂的。那时也总会问自己一个问题：如果留在家乡工作，会怎样？这种问题基本上只是一闪而过而已，连想都不愿意细想。留下来？也许根本找不着工作。留下来？也许根本不能适应凡事都要讲各种礼数规则的小环境。耍性子是不可能了，与合作者翻脸更是想都别想，资源就这么多，犯一点错就难以翻身。

而北漂与之相比，则充满了机会与包容，这家公司不行就换一家。甚至这个行业不行，也可以尝试跨行转型。人人都忙得要死，没有时间花在你身上去针对你，从这一点来看，选择北漂比留守家乡似乎更轻松。

回家和很多即将参加工作的朋友们聊天，大多数人觉得选择北漂是个伟大的举动，勇敢又光荣。

其实，北漂只是因为无法忍受一成不变的日子而做出的个人选择，在一眼便能望到头的生命中熬不下去才被迫做出的改变。说好听是为了理想，说世俗也不过是为了自己的欲望。

为了不看人脸色生活的欲望，为了想睡到几点起就几点起的欲望，为了可以一个人独立选择生活方式的欲望，我们选择了北漂。这些人互不打扰,相互体谅,在有序的规则里协作,也有人结为伴侣生儿育女,为自己的北漂生活画上了一个圆满的句号。

一个北漂的决定,让本是普通人的我们,找到了展示自我的途径,不仅有了更多的工作机会,还结识了很多能成就彼此的人,有了可以自己把控的生活。

以往不习惯说拒绝的人,在北漂的日子里,也渐渐变得知道自己要什么,开始学会说"不",从而获取更多属于自己的时间和空间。以往不相信自己的人,也因为很多陌生人的信任,重新认识了自己,发出"原来我也能这样"的感叹。

如果你是一个为自己而活的人,北漂一定会让你找到一个更接近于真实的自我。

如果你是抱着某个伟大的理想与抱负而选择北漂,或许它会首先给你浇一头冷水。

所谓北漂的过程,大概就是教会一个人如何先适应在大海漂着,再学会为自己建造"海市蜃楼"的过程吧。

假期结束,回到岗位的我立刻又开始忙得像条狗了。虽然背井离

乡，但一点都不觉得悲壮，都说拼搏和奋斗是一个人价值的体现，但却不是每个人都有拼搏和奋斗的机会的。

北漂也许一开始都挺苦的，但每个人都可能遇到那些自己曾经只能遥望的机会，这就是最大的便宜。

我记得在朋友圈看到过一段对话（未经过考证，但着实震撼）大致意思是，有人对马云说："我佩服你能熬过那么多难熬的日子，然后才有了今天的辉煌，你真不容易。"马云说："熬那些很苦的日子一点都不难，因为我知道它会变好，我更佩服的是你，明知道日子一成不变，还坚持几十年如一日照常过，换成我，早疯了。"

有些苦不值得抱怨，因为你知道它迟早会变好。（刘同）

优 等 的 心 不 必 华 丽 ， 但 必 须 坚 固

致女孩 ●

你知道幸福会来敲你的门，但那要等到你足够强大的时候才能等得到。

成长就是哪怕你难过得快要死掉了，第二天还是照常去上课上班。

没有人知道你发生了什么，也没有人在意你发生了什么。

但如果没有这样的颠沛，你也根本不会明白那个所谓的"幸福"是什么。

　　十一假期回家，坐在咖啡馆里同一个朋友聊天，这姑娘靠在自己男友的肩膀上笑靥如花，满脸闪耀的都是幸福。

　　她睁着大眼睛看着我，不解地问："你在北京啊，一个月钱也不多，除掉房租水电花费，也没剩多少了啊，值得吗？"

　　我笑着回答她："确实是辛苦，但是你知道吗？在北京我很开心，因为见识到了很多，学到了很多，认识了很多很好很善良很优秀的人。如果不是因为来到了北京，这些东西，跟我永远都不会有交集。"

经常有朋友跟我诉说，自己在家做一份普通的工作，有想要去闯荡一番的梦想，不想一辈子都混日子。于是我回：既然如此，你为什么不出来闯荡呢？

对方往往会回复我一堆，总之是各种借口：爸妈不愿意，男友或者女友不愿意，害怕自己能力不足，还有说自己性格懒散不适合大城市快节奏的生活的。嗯，他们总是有那么多的顾忌和不安全感。

看着这些，我往往不知道该怎么继续这个话题，想要追求梦想就去行动，真放不下种种限制就踏实过日子，有什么好纠结的呢？

我一直以为，选择留在大城市或者是去大城市漂泊，这从来都没有对错，只不过是大家的选择不同而已。

我想起前几天看过的一篇博文，里面出现了各个选择了不同生活的女孩，却各自有着各自的精彩，她们喜欢并认同自己的当下。

每个人都有权利选择自己的生活，而唯一不同的是，你是否有足够的能力对自己的选择负责，有足够强大的内心去将自己的选择坚持到底。

我认识一位白羊座姑娘，单纯天真可爱，大学毕业之后就立马回家，拼命看书复习考到了当地的事业单位，每天朝九晚五，下了班就骑着小毛驴回家吃饭，吃完饭就一左一右挎着爸妈的手臂出门散步。

从来没听她说过，蜗居在小城市有多么委屈。她很愿意留在爸妈身边，对她来说，最大的梦想就是在有自己生活和家庭之前，能够多陪爸妈一点，做一个乖女儿。

这是她的选择，她很享受安稳踏实的生活。

每次我跟她聊天的时候，都觉得很开心，我跟她说我认识了谁，做了什么，她总是惊呼着：哇，亲爱的你好棒，你会越来越好的。

我跟她吐槽好累，又要加班，还不涨工资的时候，她也从来只会说：在外面照顾好自己，反正我在家花不了多少，要不给你打些钱吧？她从来不会说：我好羡慕你哦，我也想去大城市，也从来不会炫耀自己在家的悠闲自在说：在外面累得要死要活又赚不到多少钱，多不划算。

不仅仅是选择工作，选择待在哪座城市，即使是恋爱结婚，也总是能够听到各种各样的烦恼，说自己被逼着相亲结婚，明明没有感情基础，却只是为了害怕质疑，草草找人结婚了事。

我妈也总是催我：你看看你，跟你差不多大的，孩子都打酱油了，怎么你到现在还是女光棍？

徘徊在季节的边缘，却望不断隔世的阑珊。
无论岁月淹没了多少悲欢，那些埋在时光里的执念，
还在呢喃着一段不曾褪色的流年。

我们曾如此企盼外界的认可，到最后才知道，
世界是自己的，与他人毫无关系。

　　我总是觉得，恋爱结婚，是一件顺其自然的事情，你遇见一个能够喜欢彼此的，在一起也能够处得来的就走到一起了，如果没有遇见，那就继续往前走就好了，因为安全感不是婚姻才能给我们的。

　　不要去在意身边又有谁结婚了，大方送上礼金就好了，不要去在意又有谁催着你相亲了，又有谁旁敲侧击讽刺你年纪一大把还没嫁人。

　　你要知道，选择一个爱人，一段婚姻，是属于你自己的事情，需要你用心去感受一个真心爱着的人，去坚守一辈子的漫长时光。它不是一个任务，不需要听从别人的指挥，不需要臣服于外在的压力和道德的标准。

　　我从来不觉得我的那些选择了留在小城市生活，选择了早早恋爱结婚生子的朋友们就是安于现状，就是甘于平庸，很多时候，我很羡慕他们的自在和满足。

　　他们大多活得很简单也很幸福，不抱怨，也不盲目去羡慕别人，他们心里有着丰盈的幸福和安全感，所以为什么要不快乐呢。

　　我也从来不觉得身边跟我一样坚持留在一座陌生的城市默默打拼，不对世俗和偏见妥协坚持等待那个对的人来临的小伙伴们，他们所有的辛苦，所有的固执是不值得，是天真热血。

我相信我们的辛苦总有一天会有所收获，也相信我们或许现在还不成功，却总有一天会等到那个相伴一生的人。

人生不是考试，没有标准答案。

任何一种职业，一种身份，一种生活状态都有被尊重的理由，只要尊重自己的内心，聆听自己灵魂深处发出的声响，知道自己是谁，知道自己想要的是什么，知道自己该如何去选择自己想要的生活，不是为了满足父母的期待，满足别人的眼光，满足社会主流的价值观，而能够做到自在地做自己，做一个闪闪发光有足够的勇气、安全感和坚持去为了自己想要的任何一种生活去努力去拼搏的自己，你需要有一颗强大的内心，为自己负责，坦然接受自己的选择所带来的任何一种后果。

要知道，只有做一个内心强大的姑娘，才能闪耀出最美的光芒。
(狸奴老妖－喵喵)

世界这么忙，柔弱给谁看

致女孩 ●

有些事不是看到了希望才去坚持，而是因为坚持了才会看到希望。

请你坚持，无论有多绝望，无论有多悲哀，

每天早上起来，都要对自己说，这个世界很好，很强大。

要坚信，你是一个勇敢的人。

因为你还活着，既然活着，就要继续前进。

　　我曾经带过一个实习生，是个很漂亮的女孩，她有名校学历，良好家境，高挑身材和美丽的外表。

　　据说，公司的人事部校园招聘的时候，一眼就看上她。她被分配到我们部门，这让我的同事们遭遇了其他部门的羡慕嫉妒恨。

　　她才过来的时候，我部门内的男同事都非常开心，和美女共事，想必枯燥的上班时间也容易打发得多。

　　因为她没有工作经验，我只好安排她做一些辅助工作。我所在的部门是业务部门，一旦遇到集中销售，整个部门的人都会非常忙。

这时候我会让她去做一些类似于打电话订场地、订车、订餐之类的工作。甚至有的时候会安排她去给财务帮忙、跟别的部门联络配合、给媒体写写新闻稿、给比较忙的销售员打印资料、准备材料之类。

她会开车，也曾经在特别忙的时候安排她去接客户等一系列比较杂的事情。

在我看来，没有给她一个固定岗位，而是让她同时了解整个部门所有的工作流程，让她做一些需要跟人打交道，需要有条理、精明的头脑和不卑不亢的态度才能处理的事情，对于一个刚进入职场的人来说其实是很好的事情。

一开始我就跟她就工作内容沟通过，她也了解我的苦心，并曾经对我的安排表示过感激。

然而，在工作的过程中她却屡屡因为压力太大而情绪失控。

是怎样的一种失控呢？

平时不忙倒也没事，一旦忙起来，她就有可能在紧张的工作氛围里突然啪啪嗒嗒掉眼泪，不哭出声，除非你注意到她，否则一般看不

出来她正在哭。

　　同事问她怎么了，她摇头说没事，继续自己的工作。她自然会把工作做好，有时候做得非常好。

　　从我对她工作的判断里，她工作能力还真没什么问题。只是不知道为什么，她总是会在大家都忙的时候哭。这让我感觉非常怪异。

　　后来，我找她谈话，才了解到她觉得好忙，压力好大，撑不住才会情绪失控。

　　她告诉我，不用在意这件事，她在学校的时候每次考试前也这样。她控制不了自己，只要一遇到压力大的时候就会忍不住想哭。

　　虽然没有进行专门的咨询，但毕竟工作在一起，我初步判断她并非抑郁症，而仅仅只是条件反射。

　　因为我的另一个身份是心理咨询师，见过了各种心理有问题的人，她这样的行为反而见怪不怪了。

　　虽然我也认为她这样很不好，但她工作能力不错，我愿意给她机会改正。

　　我交代她控制自己的情绪，毕竟她早已没在学校，而她的所作所为同事们也都看着。

　　她点头答应，但还是老样子。

　　她实习期结束的时候，按照公司流程，需要部门同事给予打分。
让我没有料到的是，无论男女同事，都无一例外地打了最低分。
　　我问大家为什么打这么低的分，实际上她的工作能力不差的。
　　他们告诉我，每次一看见她哭心里就会很烦。
　　大家已经那么忙了，你还一副受了天大委屈的样子。
　　哄你吧，没时间，何况你又告诉我们你没事。
　　不哄吧，一个漂亮小姑娘当着大家面哭来哭去总是不忍心的。

　　我强调了下，她自己都说改不了的坏习惯，让大家不必在意，那
么大家又何必在意这一点呢？
　　同事七嘴八舌地说，她说不在意，如果你真的不在意，谁知道她
背地里怎么想。如果她哭你刚好在她身边却没有安慰，万一记恨怎么
办呢？

　　还有的同事说，她动不动就哭，不知道是不是心理有问题。我还
总安排她去做一些接客户之类的工作，万一在开车的时候情绪崩溃，

耽误了事情不说，万一出了车祸算谁的？

　　就算什么事情都没有，给客户看到，也会影响我们公司的形象。

　　她那么爱哭，怎么敢托付重要的事情？

　　还有的说，有一次正想安排点手头事情给她做，却看见她正在哭，实在不好意思再去打扰，只好自己做了，浪费了很多时间。

　　后来很多次想安排事情给她，却担心她承受不了工作压力，大哭一场，到时候反而是安排工作的人的错，不知道的人还以为我们公司对实习生太苛刻，想到这里只好把事情安排给另外一个实习生做了。

　　明明设了她这样一个岗位，应该安排给她的工作却不能直接安排，何必还要设这个岗位呢？

　　更有甚者说，一个人情绪不好影响一群人，有时候看见她哭，自己觉得心酸，忍不住也想哭了。

　　这句话引得在场女同事纷纷赞同。

　　既然如此，我也只好让人事通知她再找工作了。

　　仔细想想，觉得同事们说得很有道理。

　　她漂亮，个人条件优越，工作能力也不差，只是因为无法管理自己的情绪，便惨遭淘汰，这也是咎由自取。

在工作场合，或许你漂亮大家会觉得养眼；或许你工作能力强，大家会觉得配合起来顺手。

但如果动不动就把负面情绪亮出来给大家看，那么对别人的影响自然是很不好的。

心理素质弱的人，受到影响想哭也是正常。富士康几连跳就是这样的心理效应。

而一个管理不好自己情绪的人，无论能力多强，也不会得到信任。因为没有人知道，你在什么时候会崩溃，会撂挑子，会冲着上司吼：我不做了！

尽管你此前从没有这样表现过，但因为管理不好自己的情绪，架不住旁人会这样想。

不光是工作场合，生活中但凡需要与人打交道的地方都如此。

家庭关系中，除了小孩有权利随时发泄自己的情绪，正常的大人如果动不动就歇斯底里，不仅会让其他的家人觉得恐怖，更会觉得累。

坏的情绪太容易感染人，而一个总是流露出坏情绪的人，自然是

不受欢迎的。

　　即使别人再喜欢你，须知再满的爱意，迟早也会被消磨掉。

　　毕竟，世界这么忙，柔弱给谁看？（陈果）

你所有的汗水都不会白费，
你所受的苦都会变成祝福

致女孩

不要拒绝忙碌，因为它是一种充实；

不要去抱怨挫折，因为它是一种坚强；

不要去拒绝微笑，因为爱笑的女孩最美。

你的优秀，不需要任何人来证明。

一定要充满自信，你就是一道风景，没必要在别人风景里面仰视。

女孩，你得为自己漂亮地活着！

　　昨天在车里听广播说新一年的考研大军开始备战了，大学生们排队十小时为了求得一个考研自习室的座位的新闻。

　　我没参加过考研大军，也很少接触到考研的群体，但我想起两个人来，两个曾经跟我共同租住在北大门口三百元床铺位置的考研女孩。

　　A是一个农村出来的，胖胖的，大约1.65米高的女孩，黑黑的不施粉黛且有些粗糙的皮肤，笑起来很诚恳的样子。认识A的时候，我已经在那个10平方米四张床的小屋子里住了一年，A是我下铺第四个租客。

当时她说她要考北大的光华管理学院，那已经是她第四年考光华了。

第一次是大三，考上了但因为是大三不能上；第二次是大四，考上了但面试没过；第三次是毕业一年时，差了几分也没面试机会；第四次是我们认识的那一年。

她白天要去上班，晚上和早晨起来就去窄小的客厅里学习。快考试的时候，她问我是否应该跟公司说明自己要考研去请一个月的假期，但又怕考不上没了工作。

虽然这份工作并不很忙，也只是为了维持生计，并不指望赚多少钱，但如果没有这笔钱，身为农村孩子的她，没人能接济她。

当年我也大四，在凌乱的实习和找工作当中，我也不好帮她下结论，于是很简单地说还是请假吧，考试要紧，第四年了。

我们不是很熟，但我也挺替她捏把汗，不知道如果又考不上怎么办？一个人的梦想究竟能被撞击多少次？我记得她考完最后一场回来，躺在床上，一天一夜没起来，全身酸痛，仿佛刚刚打了一场大仗之后的瘫倒。

那年，她笔试通过了，我们都很激动。我建议她面试去买套正装，因为那时候我也因为面试买了正装，感觉穿上正装整个人都不一样了，也更符合管理学院的感觉。

然后，A跑去商场买了一件粉红粉红的西装，衬着她黑黝黝的皮肤，我觉得不是很对劲。但那个时候我的衣服她也穿不上，也没法帮到她什么，看她很喜欢那件粉红色的西装，我也就没再说什么。

后来的事情，我就忘记了，可能她是搬走了，或者我搬走了，记不清了。

但我记得过了一年左右，她跟我联系上了，那时候她已经是光华的学生，并且已经上了一年了，每天都在热火朝天地做案例分析什么的。我问她学费会不会很高，听说光华没有国家免费？她说要几十万，她借了一部分，剩下的自己打工，争取拿学期末奖学金。

我不懂管理学的课程，只能听她说得很高兴很激动的样子，我想起那件粉红色的西装，和她黑黑的皮肤，心里有说不出的感动。

这条路，她走了四年，终于走到了自己想去的地方。

B女孩从西北来，长得很漂亮，小巧，巴掌脸，也是黑黑的，有点像邻家小妹妹。她要考北大的生物系，我们认识的时候，是她第二年考试。

她住在我对面的床铺，我们都在上铺，相比正常上课而不用早起

也不用复习到深夜的我来讲，我经常会看到 B 举着手电筒在被窝里学习的样子。

据 B 介绍，她父母都是普通的工人，老实善良，家里还有一个年纪很小的弟弟。如果今年考不上，估计家里就供不起了。其实她本科的学校已经给她推荐到上海的一家顶级学府，但是她就是想上北大，因此铆着劲儿要考。可是，她自己也不知道能不能考上，因此压力很大很大，大到经常就哭了起来。

我也不知道该怎么劝她，毕竟我不考研，体会不了，只能说些冠冕堂皇的话聊表安慰。

同样，我忘记了后来，我就记得她喜欢看电影，总是哭，但后面不记得了。

三年以后的某一天，我突然收到一个飞信号码加我，是她。那时候的她，马上要从北大化学系毕业了，问我一些找工作的经验什么的。原来，我忘记后来的那一年，她考上了，进入了自己梦想中的学校。

作为考研女孩本身就很辛苦，而作为农村女孩或者家里还有个弟弟而家境一般的女孩来讲，压力会更加大。

我并不知道她们现在怎样了，考上了心仪的学校之后，她们又会有怎样的梦想，今天在哪里，过得怎么样。

她们可能只是千千万万考研大军中十分普通的两个人，可能在你看来并不是榜样，也谈不上励志。

但我只是想到，工作很多年的自己，以及千千万万离开学校进入社会的人们，还有多少，能像当年一样，为了某一个目标去拼尽全力？

现在，我们讨论的都是：如何战胜拖延症？如何快速提高英语？如何让老板喜欢我？如何快速提高写作能力？我们做什么都想要速战速决，两周看不到成效就觉得世界对我不公，或者一定是方法不对，想要去寻找更加便捷的方法，来安慰自己浮躁的心。

一定会有很多人跳出来说，考研有什么了不起，考四年值得吗？人生还有好多事可以做，上个研究生出来还不一样是打工，赚钱还没有个体户多。

但如果一个人能为一个单纯的梦想努力很多年，而这个梦想一年只有一次去实现的机会，并且这个机会也同样会因为很多不可抗力而失败，但却依然矢志不渝，这本身就是一件值得去敬佩的事情，也同样是我们在慢慢丢失的能力与精神。

这样的女孩，无论在任何时候，任何环境下，都不会差。

其实我们每个人都不缺梦想，特别在这个梦想都快被说烂了的年代，我们所缺的，仅仅是为梦想矢志不渝的精神，哪怕是一点点所谓的坚持，都显得弥足珍贵。

而这一切，可能我们都曾在年少时光拥有过，但却随时光的流离消逝在成长的激流勇进中。

不是每一个梦想都能实现，但每一个梦想都值得被尊重和敬仰。

不是每一个梦想都能坚持，但每一个能坚持下来的人都是自己的人生赢家。（一直特立独行的猫）

许 / 你灵魂丰满，
愿 / 你欲望清瘦

内心强大的女孩，
活在自己的价值坐标里

致女孩

真正厉害的女孩子，是外表小娇羞，而内心强大。

外表的小娇羞可以让你减少许多麻烦，有更多人愿意帮忙，给人更好的观感。

而内在的钢铁心，可以让你不畏惧人言，

不怕困难，忍得了平淡也经受得住挫折。

"有本事的男人真叫人钦佩，好比一棵大树，咱们妇孺在他的荫蔽下，乘凉的乘凉，游戏的游戏，什么也不担心，多么开心。"

当我在亦舒的《她比烟花寂寞》中看到这句话时，忍不住哈哈大笑起来，因为她写出了多少女人终生的梦想啊！

找个有本事的男人做自己的大树，在他的树荫下永远安全、开心地生活。这是无数少女曾拥有的梦想。

但是随着时光的流逝，少女们长大了，她们中的一部分人从这样

的幻梦中清醒过来，知道并不是所有有本事的男人都愿意做这样一棵无条件为你遮风挡雨的大树，也认清自己没有那般条件和能力让大树型男人专为自己守候。

于是，她们放弃了依赖，开始迈开步子奔跑，努力成长，将自己的根茎扎下大地，将自己的枝丫伸向蓝天，接受生活的骄阳与风雨的洗礼，然后成长为一棵枝繁叶茂的大树，与大树型男人并肩站立于生活之林，各自独立，遥遥相望，同时携手并肩对抗生命中的那些暴风与骤雨。

另一部分少女虽然也长大了，但还怀揣着找一棵大树依靠的梦想。她们不愿意独立，也害怕独立，期待一种一劳永逸式的救赎，渴望生命中的大树的到来，就像灰姑娘渴望王子的到来一样，邂逅王子，从此携手人生，过上幸福快乐的日子。

很多人在这样的期盼和等待中蹉跎了年华，辜负了自己。

对此，心理学有个术语叫"灰姑娘情结"。美国作家柯莱特·道林解释这种情结是出于"女性对于独立的畏惧"——她们更倾向于以与男人的关系定义自己，而怯于追寻内心真正的自我。

《她比烟花寂寞》中的女星姚晶身上就有很大一部分"灰姑娘"

的影子。她 16 岁起开始在娱乐圈摸爬滚打，她抛夫弃女，无视同胞之情，苦苦打拼，形象良好，演技精湛，成了无数少女前呼后拥的偶像，也令无数男人为她倾倒。

但是，她却是寂寞的，这寂寞在于她将面子看得比天大，背负了太多的秘密，掩盖了太多的真我，这寂寞更在于她将自己所有的人生寄托在一个男人身上，寄托在一桩婚姻里。"她要一个有资格知道、有资格宽恕的男人真正地原谅她，虽然她并没有做错什么。"

于是她嫁给了家世、学识都一流的将门之后张先生，将他视为那个拯救自己的"王子"。可"王子"他虽然是一个大律师，却是无法独立的绣花枕头，在母亲面前连个"不"字都不敢说，脱离家庭，他便什么都不是了，且还是个花花公子，婚后不久便另结新欢。

他们住的豪宅的每个月的房租都是她支付，无论在物质上、精神上他都无法安慰她，然而这般有名无实的残破婚姻，她却仍不舍得放手。

虽然书中讲姚晶的人生悲剧是她的性格使然，但是我从中看到上世纪末的香港的时代变迁，新旧价值观的更替，以及女性在确立自己人生价值上的迷茫和震荡。

姚晶通过自己的打拼，挣得经济独立和社会地位，内心却是自卑和好面子，前夫和女儿，统统不能对人言，本是很普通的事却视为秘密，将找个有钱有地位的男人视为此生寄托，婚姻已名存实亡却要守着一个美满婚姻的框架不肯离婚。

她是能干的，独立的，美丽的，是新时代的女性，但是她也是旧时代女性，渴望找一个有钱有势的男人当大树依靠，以婚姻定义自己，以男人定义自己，她的内心充满了犹豫、挣扎和寂寞。

如今，不少受过高等教育的职业女性，她们一方面觉得女人要独立，但是另一方面又认同女人一定要靠男人才能活得好。她们不相信自己有力量能够让自己活得好。

很多女性虽然表面上认同男女平等，但在内心似乎还深深地认定嫁对一个男人，即嫁给一个可以依靠的男人才是女人幸福生活的最终归宿。

受了现代教育，经济独立的许多女性都逃脱不了这种狭隘的心理。所以，即便她们经济独立，甚至有的人自己有房有车，还是一直期望有一个强而有力的男人驾着七色彩云出现在自己的生命中，能够救赎自己，带给自己从此过上好日子的保障，可是结果往往事与愿违。

其实女孩的真正独立并不是单体现在经济独立上，更是体现在人格和心灵的独立上。

《她比烟花寂寞》中的姚晶英年早逝，将二十万美元留给了只见过两面的女记者徐佐子。

在抽丝剥茧般的调查中，那些前尘往事也在不知不觉中影响了徐佐子的人生选择。

她是个经济与人格都算独立的现代女性，原有个小说家的梦想，将之与嫁人对立起来，迟迟不愿与相恋三年的男友结婚。

"非得好好地做个家庭主妇，养下两子一女或更多，把屋子收拾得干干净净，指挥用人司机……也不是不好的，只是我的小说呢，小说还没开始写呢。就这样放弃？也许可以成名，也许可以获奖，太不甘心了。"

到后来，当女记者看到姚晶死后，没有人想要她的遗产，她与所有朋友、家人关系淡漠，连亲生女儿也与她关系疏离，除了一屋子华服，什么都没有，将它们留给女儿，还被女儿嫌弃时。她敞开心扉，

对爱人哽咽地说："当我死的时候，我希望丈夫子女都在我身边，我希望有人争我的遗产。我希望我的芝麻绿豆宝石戒指都有子孙爱不释手，号称是祖母留给他们的。我希望做一个幸福的女人。"

她还说："我不打算做现代人了，连生孩子都不能叫痛苦。希望能够坐月子，吃桂圆汤。我不要面子，任你们怎么看我，认为我老土，我要做一个新潮女性眼中庸俗平凡的女人。"

亦舒借小说说出了一句大实话："至紧要的是实惠，背着虚名，苦也是苦了自己。"

生活是自己的，而不是做戏给外人看，假若外人看着你的生活光鲜靓丽，而你真实的生活却比烟花寂寞，那真是将自己的生活过成了一个笑话。

反观现实生活中的亦舒，她结过三次婚，十几岁便早婚生下一个男孩。第三次婚姻嫁给了原港大教授梁先生，两个人后移民加拿大，又以高龄生下女儿露易丝。

到了晚年，她既是硕果累累的小说家，也有丈夫、女儿陪伴在身边。拥有肆意癫狂的青春，也有平静和美的晚年，不枉此生。

独立与依赖，自我与人际关系，也许是一个女孩一生的议题。

我想，女孩的归宿，既不是自己，也不是男人或者爱情，而是在独立的自我与热闹的关系中寻求一个平衡。

　　一个女孩若只有自己，恐怕实在太寂寞了；但只活在关系中，恐怕又实在太痛苦了。

　　一个女孩，要有自己的事业，独立的人格，去创造自己存在的价值，用独立而真实的自我去吸引他人，建立关系。

　　同时，要能处理好与爱人、孩子、公婆的关系，在关系中看见自己，修炼自己，感受人与人的热闹与温暖，有自己独立的精神内核而不在关系中迷失。我想这就是女孩最大的胜利。（meiya）

不姑息自己，但也绝不委屈自己

致女孩

你不会发现自己到底有多强大，
直到有一天你发现你身边的支点都倒下了，你也没有倒下。
没有人能打倒你，除了你自己，你要学会捂上自己的耳朵，
不去听那些熙熙攘攘的声音。
这个世界上没有不辛苦的人，真正能治愈自己的，只有你自己。

十月的时候，松松搬了第三次家，这是她在上海工作以来工程最繁重的一次。或许是待的时间长了，行李由一个变成三个，三个变成五个。

直到筋疲力尽地把所有东西扛进屋里，松松给我打了个电话："终于知道我为什么找不到男朋友了，我简直就是自己的男朋友。我竟然自己搬完了东西，从浦东到北新泾。"

因为房东要卖房，即使松松出再高的价格，对方也不租了。但是，搬完家后，松松立马就穷了。她无奈地说："我这个月要还六千

元的信用卡，想想又觉得好无力。"我一听特别吃惊。在我和她工资相当的日子里，我一直无法理解一个月怎么会用掉这么多的钱："你还了信用卡不是要喝西北风啦?"松松说："那怎么办呢，总不能亏待自己啊!"

像我和松松这样的年轻人，二十五六岁，有稳定工作，出入高档写字楼，经常出差飞来飞去，相比于许多的同龄人，有着难以掩饰的优越感。

但是，每当我一聊到身边的同学，很快就道出不明所以的感概来："虽然别人在老家只有三千元左右的工资，还不够还你信用卡的消费，但是，别人已经买房买车了。就算是借的父母的钱也好，朋友的钱也好，靠山吃山，靠水吃水，结婚的结婚，生孩子的生孩子。而我们呢，外表光鲜，其实什么都没有，连房子都是租的。"

"那又怎么样? 换句话说，现在给你三千元，让你蜗居在一个夜里连书吧咖啡厅都没有的小城镇，除了一两家设备陈旧的 KTV 和乌烟瘴气的麻将馆以外，就只剩下跳广场舞的大妈了。你愿意吗?"松松总是这么自信地说。

去年三月，松松花了一笔重金去学芭蕾舞，当时我在电话里笑了

她半天，她不以为意地说："有什么好笑的，你就没有什么爱好是别人不会发笑的吗?"一句话噎住了我，立马笑不出来了。

就是这样的她，可以把钱砸在练习舞蹈、学习外语、出门旅行、买昂贵衣服上；也是这样的她，在筋疲力尽之后回到自己在北新泾的小蜗居里，看美剧网购。光鲜外表底下，是进出出租房的简单生活。

我说："松松，你一个女孩子应该存一点钱，不能在上海这么多年什么都不留下吧。"松松不屑地说道："要是你让我工作只是为了存钱，我还不如回小地方生活呢! 我为什么要生活在大城市呢，就是因为在这里我才可以体会更多有趣的东西，不是吗?"

不可否认，她说得没错。

周末的时候，松松打电话给我，说想去宜家逛逛。原本我以为只是逛，结果松松买了一张桌子，一个沙发，几卷墙纸还有若干零零碎碎的小饰品。

我扛着桌子，望着松松问："你是准备干吗?"

"我那个房间太简陋了，躺在床上完全体会不到家的感觉，所以我得动工改造一下。"

"拜托，那只是租的房子好吗?"

"那又怎么样? 房子是租的，但生活不是。"

从那天开始，松松一下班就开始"改造"她的"闺房"，经过一周的时间，她邀请我再去，整个屋子翻天覆地变了样，简直和新家一样。

那天我和松松坐在她新买的沙发上看电影，松松抱着抱枕说："为什么国外的人都是租房子生活，从来不会因为房子的问题去局限自己的脚步，但中国人不行？好像一定要有一套自己的屋子，落上自己名字的房产证，才可以称得上完美的人生？"

"因为有了房子，才有家。"

"什么是家？"

"有爱的人，有柔软的床，有早餐，有晚饭。"

"这些一定要有自己的房子才能有？"

"这个……"

"我新买的床垫很软，如果我找到男朋友，我觉得在这个屋子里，我们也可以过得很开心。我不会强迫心爱的人一定要有房子，但是他必须要有一颗能够奋斗出房子的心。我不拒绝优秀的男生，但是我依旧不认为那些庸人自扰的条件是局限他追求我的障碍。"

晚餐的菜很简单，我们坐在桌子两端，整个屋子气氛很好，或许是松松特地"装修"过的缘故。

松松的菜算不上美味，但是让人觉得踏实。

有那么一刻，我觉得我们好像并不是在上海漂泊的两个人，而是在家生活的好朋友，而这个屋子并没有那么多排斥我们的气息，反倒有一种格外的包容。

"周，你觉得钱重要吗？"

"就目前来说，还是挺重要的，如果我们真的没钱了，可能连活下去都是个难题。"

"不，如果我们真的没钱了，只要有能力赚钱就好。所以，我觉得钱并不是那么重要。"

"你下次不要总是给我设圈套。"

"我只是觉得，每天睁开眼睛面对的天花板，闭上眼睛睡觉的床，可能都不是自己的，这个时候有那么一点点恐惧。因为太陌生，好像不能沾染自己的气息，所以我非常讨厌搬家。你懂吗？"

"嗯，大概能懂。"

"但是，我觉得我们不能因为房子是租来的，就要把生活也过得像别人给的一样，随时都可以拿回去。我们在上海是干吗呢？我觉得就是要活成另外一个自己，一个别人永远拿不走你生活的那个自己。丢了工作，可以找到待遇更好的；丢了爱情，可以找到对自己更好的，我们不是'租'了它们，而是我们有资格拥有它们，你说对吗？"

　　松松和我在上海三年了，难道真的是天天快乐的吗？并非如此。
就像每一个努力活着的人一样，我们花了很长的时间去给自己充电，
让自己变得三头六臂，更加坚强，希望每一次站在别人面前的时候，
都能表现出最好的自己。

　　也是这样的松松，一个人走过很远的路，或许没有什么目的，但
是依旧会去看看路上的风景。

　　有一次，松松去了西塘，她闲逛了一个下午，然后很开心地告诉
我，那个地方走走也是不错的。明明听起来那么孤单的话，但她还是
很开心。

　　还有一次，一个朋友说上海这样的日子除了高收入高支出，回到
家连个说话的人都找不到，一点归属感都没有，简直就是浪费青春。
当时松松很不客气地说："归属感又不是别人给你的，是你自己给自
己的，难道你回到老家，靠着父母吃吃喝喝就叫归属感吗？"

　　松松收拾碗筷的时候，侧身和我说："周，问你一个问题。"

　　"你说。"

　　"洗澡的时候，你有仔细听过莲蓬头落水下来的声音吗？"

　　"说起来，还真的有过。"

　　"有没有觉得，那种声音会让你特别平静，不管外面有多少烦躁

扰心的事情，但是在洗澡的时候，都与你无关，只剩下水的声音。因为那一刻，你特别清楚，没有人来打扰你，就是自己一个人，能听到自己内心的声音。我觉得，这就是生活。"

　　那天夜里，我们俩慢慢走到地铁口，我突然想道："对了，好像马上就是你生日了。"松松点点头："后天我出差，没法过，所以先请你来家里吃了，简单了点，不过开心就好。"

　　"啊，没买蛋糕啊。"

　　"形式主义。"

　　"那你有什么愿望吗?"

　　"嗯……我想，唯一的愿望就是希望新的一年里，再多认识自己一些吧。"

　　人来人往的地铁口，她笑得那么灿烂，好像眼前的生活都是开在乐观主义里的花朵一样。（周宏翔）

如果你懂得苦是应承受的，
那么光必会照耀在你身上

致女孩 🖊

女孩子真正富足的状态是见多识广，知己两三，不缺吃穿不缺钱，
会被一件衣服哄得很开心，会因为吃到可口的食物而一扫阴霾，
会因为一首好听的歌或一部好的电影而顿时感受到世界的美好。
不要轻易去依赖一个人，他会成为你的习惯，
当分别来临，你失去的不是某个人，而是你精神的支柱。
无论何时何地，都要学会独立行走，它会让你走得更坦然些。

　　看到朋友深夜发的动态：加班加傻了，谁能送我回家？附图是几张憨态十足的照片。即使内心祈求真的有人可以不顾千山万水地赶过来，但是我知道，这姑娘在发完这条动态后，一定会起来拍拍屁股，拎上包在凛冽的风中等的士。

　　凌晨的大马路散发着凄迷，伸手把薄薄的围巾裹紧自己，跺跺脚，在心里默默地念"就快到家了"，上车前装模作样地让司机看到自己记了车牌，牢牢地守护自己给自己的安全感。

　　姑娘的五官变得越发精致，我不知道是因为妆容，还是因为阅历。

　　我想起那些年，我们穿着校服奔跑在校道上的光阴。

　　那时候的不加修饰的脸，那时候的青春痘，还有那时候的无忧大笑，在时光的洗礼下仿佛模糊了许多。而那时候的那份大气、那份渴望自由，依然在这个姑娘的骨子里。

　　认识这姑娘，是在那段青葱岁月里的幸运。喜欢在广播站门口看着夕阳西下的校园，碧色的琉璃瓦被镀上了一层柔光，她在麦克风前轻哼一曲，又或者是朗诵诗文，动听悦耳的声音响彻校园。我好像没有跟她说过，她的声音很美。

　　估计她听到这句话肯定会高兴得很。

　　后来，在我们这群人里面，我唯一能常常看到动态的，就是她的了。她身上依然有着当年的热血。

　　我看到她倚着斑驳老墙的文艺，看到她站在苍山洱海的虚无，看到她坐在同一条海岸线上拍摄潮汐的恍惚。

　　而我，伸手却触摸不到那份真切。姑娘总是充满活力地奔走在每个地方，她热爱每一寸土地。

　　忍不住跟姑娘说我很羡慕她，而她在电话的那头说不过是从小就自由些，管束少一些。

　　我仿佛看见她带着清澈的眼神，带着爱主持、会化妆、懂摄影的标签，勇敢地奔走在通往理想的路上。

　　当然，偶尔她也会受委屈，也会流泪，可我喜欢她那句：我配得起自己的野心，也绝不辜负所受的苦难。

　　我想，没有一个人是不曾受过冷落、受过嘲讽的，但是，不是每个人都能清楚地看到自己的心。她总有一天会成功。

　　有一句话说，女孩子真正富足的状态是见多识广，知己两三，不缺吃穿不缺钱，会被一件衣服哄得很开心，会因为吃到可口的食物而一扫阴霾，会因为一首好听的歌或一部好的电影而顿时感受到世界的美好。

　　我觉得，这姑娘就是这样的女孩子，她就像一朵太阳花，朝阳生长，耐旱，成就了自己，也温暖了我。

　　姑娘，继续勇敢地向前走吧，我会在你的背后，默默地祝福你。

（至于岁月）

|第三辑|

做让自己喜欢的自己，遇一个无须取悦的人

对自己好，就会变得更出色，在别人眼里，就更有价值。

而你对别人付出太多，自己就会变得更薄弱，你的利用

价值完了，也就完了。所以，别老想着取悦别人，你越

在乎别人，就越卑微。只有取悦自己，并让别人来取悦

你，才会令你更有价值。一辈子不长，对自己好点。

灵 魂 若 无 平 等 交 流，
感 情 也 就 无 处 可 息

致女孩

一个内心真正强大的女孩，是不会花太多心思来取悦别人的，
也不会如藤萝般依附在别人身上。
所谓的圈子、资源，都只是她生活的衍生品和附属物。
你最重要的是提升自己的内涵，只要自身的气场足够强大，就会有别人来亲附，
也只有自己是大海，百川才会来归。

该来的，总会来。

该分的，也必定不会长久。

记得半年前，我和朋友吃饭，跟朋友说过自己的爱情观。没有物
质的爱情首先是不可能的，因为两个人在一起最终会平淡，面对的全
部是柴米油盐酱醋茶。男生作为赚钱的主力，需要做的，是去努力赚
钱。但这一切的物质，都是基于两个人有爱的前提下。

这里的爱，不是指荷尔蒙分泌，而是两个人的灵魂是否可以平等

地交流。如果没有平等交流，只是男人弯下腰去爱女生，女生踮起脚去爱男生，这样的感情，再富裕的生活状态也只是没有结果的悲剧。

一直觉得，人和动物最大的区别就是人有感情，而动物只顾着繁衍。如果两个人连起码的平等交流都没有，拿什么去结婚，拿什么去说一辈子。

几年前，我在拍戏的时候，认识了一个很漂亮的演员。她的男朋友是一个大叔类型的男人，比她大八岁。每次拍戏休息的时候，她最喜欢拿着他男朋友送给她的进口化妆品，幸福地说：他能照顾我，对我好着呢，每次我在哭的时候，他都安慰我。
而我总是会弱弱地问问她，那他在哭的时候，你能安慰他吗？
她想了很久，没说话。

直到我们拍完戏杀青后，她在酒桌上跟我说，我想明白怎么回答你这个问题了：他是男人，不会哭的！
一年后，他们分手了。
女孩子搬出了他的家，再次见到她后，我问她分手原因，她说，都挺好的，就是聊不到一起。

是啊，当男人还在想明天那片地需要我投资一百万；你还在想今天买什么包。你在痛苦的时候，他会陪着你；可是男人也会痛苦，他在痛苦的时候，你却只是在买化妆品。你不懂他的痛，他不理解你的喜悦，即使两人同床，灵魂深处却还只是孤单一人，这样又怎么能是伴侣。

真正的感情，是要两个人能聊到一起的；最好的情侣，是能用灵魂平等地交流，是能用心去温暖彼此的两人。

每次我去自习室或者图书馆看书的时候，都会看见一些情侣在图书馆一起学习，我会些许地感动。因为至少，他们在平等交流，他们有着同样的梦想，并且以平等的身份在聊着现在说着未来。

这样的交流方式，无疑是对双方都好的。

现实中，很多女孩子说好不离不弃陪着男生，却非要天天嚷嚷着买包，明知道少一个包能少很多压力，却偏偏要，还要怪男生没本事。

两人不在同一个世界生活，又怎么可能说永远。

所以，亲爱的女孩，如果你身边，有一个陪着你的男孩子，给他

一些信任，放弃虚荣的奢侈品吧，要让自己变得更优秀，和他一起创造未来，和他平等地交流，一起为未来做点什么。

写到这里，想起了半年前，我看见了公园的躺椅上一对老夫妻牵着手，安静地看着公园里的人来人往、鸟语花香，彼此一直没有讲话，他们偶尔互相笑一下，笑得很温暖，笑很幸福。（李尚龙）

爱自己，
才是开始一生的罗曼史

致女孩

当初你以为，只要自己不一样，就会吸引到全世界的目光。
后来你满世界寻找，寻找的，却是真实的自己。

事情就发生在昨天。

朋友约我去逛街，我说："恐怕不行，我要去看《泰坦尼克号》。"然后她马上问："你答应某某了？我就说吗，条件那么好，你迟早心动。"

"你想什么呢，都说了不喜欢他。"

"那是你跟你前任和好了？"

"怎么可能。一个过去的人我要他干吗？"

"那你到底跟谁去看电影?!"

"我一个人啊。本来约好跟闺蜜去的，但是她临时有事。"

"你一个人去看《泰坦尼克号》？"

她疑惑又不可思议的表情，我好久都忘不了。

于是我想不通，我一个人，为什么不能去看一部好电影。我既没逃课也没逃班，买票的钱来得渠道正当，我凭什么不能去看这部电影。

十五年前我还是个什么都不懂的小孩子，在农村老家守着只能转播一个台的黑白电视机等着看动画片。我还不知道什么叫电影。于是我错过了它。

第一次看《泰坦尼克号》是小学，跟姐姐们一起看的，完全不懂他们之间的爱情，并且觉得外国人长得都一样，我分不清谁是谁。我再一次错过了它。

而现在，3D版上映了，我想去看这一部让人感动了十几年的电影。

每次路过学校外面的影城巨大的LED上面播放着它的预告片，我就有种想进去看的冲动。但是我始终还是犹豫了，看着小情侣一对接一对地走进去而我形单影只无非有点像异类。

就这么一犹豫，它上映的时间就只剩下最后一周了。于是我知道我不能再错过它了，我不想错过它。

　　我不能因为我单身，就放弃一部好电影。
　　我不能因为我单身，就放弃享受生活。

　　其实不是没有遇到过好的人，但是好像就是觉得多多少少缺了些什么。而我渴望的爱情，还像少女那样就算柴米油盐酱醋茶也依旧纯真浪漫。是实实在在的爱情，而不是，跟一个合适的人"将就"着过日子。

　　至少现在不会。至少现在我的爱情里不想有一点马虎。趁我还年轻，趁我还有宁缺毋滥的资本，所以我相信，会有那么一个可以跟我共度一生的人。

　　嘿，我未来会度过一生的那个人，你在我的人生里，已经迟到了一小会儿了。不过没关系，我可以等你。不管是你堵车了，走错路了，把别的姑娘当成我了，没关系，我等你。
　　我十五岁的时候不会再期待五岁的时候得到的洋娃娃，二十岁的时候不会再期待十五岁的时候想得到的MP3。所以你不要太迟。
　　别让我等太久。

很多时候我觉得你已经找到了我，并且远远地看着我。我知道你为什么要迟到。为什么不跟我相见。因为你希望我再努力一点，再坚强一点，就能够被这个世界更温柔地对待。当我失落的时候，你不出现，是想要我变得跟你一样强大，无坚不摧。而会在暗地里扶我一把的时候是实在看不下去我偶尔过得很糟糕，只是偶尔。

我就是想跟你说，在没有你的日子里，我生活得很好。

所谓的上穷碧落下黄泉，是我做不到的事情。比起为爱付出一切，断了自己所有后路，我会选择更宠爱自己。

我爱自己并不是因为现在没有这个"你"来爱我，而是，我是属于我自己的，所以我得爱我自己。

这个世界上，没有比"我自己"更重要的人。我的血肉属于我自己，我的开心属于我自己，我的痛苦也属于我自己，要是我咬自己一口，扎自己一针，疼的也只有我自己。没有人替我。

所以我得好好爱护我自己，所以我得想方设法哄我自己开心。不然生而为人该有多辛苦。

书籍、电影、音乐、旅行，在你缺席的日子里，它们陪我度过了美好而静谧的岁月。在你来了以后，我还是会跟它们做作伴，还是会这么讨好自己。

必须各自走更远的路，看更多的风景，才能明白此时的优柔寡断是多么残忍。

但是我想告诉你，离开你我活得下去也可以活得很好，但是有你，我会快乐很多。

我会先替你爱自己，等我遇见你以后，要加倍爱我，来补偿我帮你的这些忙，就当是谢谢我。

今天下午我去看了那部电影，然后我真庆幸我没有错过它。看好电影是不分跟谁在一起的，就像是过好的令自己愉悦的生活，不需要非要有什么硬性条件。

我会爱未来的你，但是会更爱我自己。因为，爱自己，才是开始一生的罗曼史。（杨美味）

所有的重逢，都是想象比现实美丽

致女孩

时间能做的，并不只是单单地让你忘记一个人，或者一些事。

时间也可以证明，证明你的成长，证明你所有的等待是为了成长，

证明有的人就是用来错过的，他曾让你对明天有所期待，

却没有出现在你的明天里。

女孩说，她和她喜欢的人现在不能一起，她希望某年某天，他们可以在某地重新开始。

真的可以吗？

我们说某年某天某地的时候，总是怀抱着一个希望，同时也有点绝望，如果现在可以，何须等到某年某天？

某年某天是什么时候，谁又知道？有时候，时间对了，地点却不对；地点对了，时间却不对；时间和地点都对了，心情却不对。

现在不自由，她只能冀望某年某天在某地跟他再开始。也许，当他自由了，她却不自由；当她自由了，又轮到他不自由。当他和她都自由了，他们却在两个不同的地方，没有遇上。

地点对了，他和她都自由，可是，那时他们都变了。

他们不是说过"某年某天某地"的吗？原来那是绝望时候的一星火光。我爱你，我深深相信我们的缘分未尽，某年某天某地，我们会再遇，你要好好地生活……我们含泪道别，努力活下去，迎接重逢的一刻。

可惜，所有的重逢，都是想象比现实美丽的。

期待重逢的两个人，已经各自爱上另一个人。

直到某年某天，他们在某地相遇，才想起某年某天，他们曾经有一个约定。（张小娴）

像少年一样去爱，像成人一样去克制

致女孩

成长的标志就是你要懂得克制自己。

克制自己的情绪，克制自己的表演欲，甚至克制自己的喜欢。

事实上，谁也无法承担起另一个人的价值寄托，

你只有做一个独立、有价值的人，

才能真正学会去爱另一个人。

高中的时候，我曾经交往过一个男朋友。

有一天我半夜从梦中醒来，突然无比地想他。那时候手机还没有像现在这样普及，我的思念自然无从寄托。在床上瞪了一会儿眼睛以后，我跳起来麻利地穿好衣服，出门去找他了。

尽管第二天上早自习我就能够见到他。

出了门才发现外面下着大雪，地上已经有着厚厚的积雪，天空中雪花还如筛灰一般落下。

但心怀着爱情的炽热，我丝毫没觉得冷。北方下雪的冬夜格外寂静，此时已经是凌晨两点以后，街上没有一个行人，只有我自己踏在积雪上的声音格外清晰。

我穿过那条横穿这个小县城的街道，来到我当时男朋友家的楼下。然而我什么都做不了，楼门紧锁，况且即使开着我也没勇气在半夜里去挑战他母亲的忍耐度。

于是我在楼下冒着大雪站了一会儿，惆怅了一阵子之后，走了……

直到很久以后，时过境迁，与他已经再无联系，而我也不是那能半夜扛住风雪的鸡血少女，我才领悟自己当时的心态。

那不过是一种表演罢了，除了把自己感动一下，制造一点自己痴情的假象，一点意义都没有。

在感情中，我们往往觉得自己掏心掏肺，所做所为能够感天动地，闻者伤心，见者叹息，为什么偏偏感动不了你？

其实无论是雪夜去对方家楼下站会儿或者是冒着大雨给他送一杯奶茶什么的，自己回想起来往往觉得如乔峰大战聚贤庄、关羽千里走

单骑一样壮怀激烈，而对于对方来说，一杯奶茶就是一杯奶茶，无法承载起你想要在上面寄托的山崩地裂的情怀。

　　少年的时候，总是迫不及待地将自己的满腔爱意表达出来，而结果往往是陷入表演之中而不自知。所以两个人的记忆才会出现偏差，那些你觉得刻骨铭心的过去，对方往往没有同样的感觉，甚至茫然不知。

　　好比大夏天里你穿越半个地球带着一件皮大衣送过来，然后霸道地给对方穿上一样。对你而言你付出了很多，但是对方根本不需要啊。
　　在你的记忆中，你漂洋过海翻山越岭送温暖，不说东西，光这份心就可鉴日月，感动天地，而在对方的记忆中，是多余罢了。

　　当然我们都有矫情的时候，在一起的时候，适当来一场互相配合愿打愿挨的表演也有益身心健康，有助感情升温。
　　但一定要记住，这种事儿其实双方都该心知肚明，一方知道自己是恃宠而骄，提出的要求也恰到好处，对方也乐意配合完成，之后大家皆大欢喜。

　　我现在极力使得自己避免陷入这种表演之中，向别人表演自己的感情，表演自己的情绪，表演自己的伤悲。

大家都很忙，谁也无暇去感受你的伤悲，也没空替你去传播。何况即使有人愿意聆听你的伤悲，也不过是增添了一些茶余饭后的谈资罢了。

即使真的伤悲，那也埋在心里吧。说出来，在意的人听了心塞，不在意的人不会在乎，厌恶你的人拍手称快，那又是何必呢。

成长的标志就是懂得克制自己。克制自己的情绪，克制自己的表演欲，甚至克制自己的喜欢。

少年时候，喜欢一个人恨不能把他变成自己身体的一部分，他刚说冷，我这边心里已经结冰了，他说难过，我立马如丧考妣，比他还难过，唯恐无法将自己的爱意表达出来。

那时候好年轻，有那么多时间和精力去肆意地燃烧和挥洒，相信有永恒不变的感情。

所以尽管前文都在批判那时候的矫情，可我真心怀念那些过去的时光。可是再也回不去了不是吗？

每天早上匆匆行走在人潮拥挤的北京，个个脚下生风，走向一座

座大楼。说到底，没那个时间和精力再去玩那些矫情的把戏。这个时候的喜欢，更应该是一种相互的支持和陪伴以及包容。

年少时候我们之所以如焰火一样释放燃烧自己的感情，除了那时候我们年轻有热情和精力以外，我们无法找到自身的价值所在，想把自身价值的实现体现在另一个人的身上，去影响他、改变他。

而事实上，谁也无法承担起另一个人的价值寄托，只有做一个独立、有价值的人，才能真正学会去爱另一个人。

也千万不要尝试改变另一个人，这注定是徒劳的。做自己就好，爱情的真谛在于相互的吸引、志趣相投的同行，而不是追逐和依附。

(风郎君)

爱 的 时 候 好 好 享 受，
哭 的 时 候 大 声 号 啕

致女孩

我欣赏这样的姑娘：可以爱得撕心裂肺，也可以走得干干脆脆。

虽然，如此的干净利落不是所有人都做到。

但那段疼痛的时光，只有一个人咬着牙走过，你才能炼成驾驭幸福的能力。

"我到底哪一点不如她？他真是鬼迷心窍，总有一天会后悔的。"在一阵近乎狂风暴雨似的控诉之后，她咬牙切齿地说。听她形容那个横刀夺爱者的条件，确实，都不如她。

她学历好、才华横溢、谈吐优雅、长相俊美、收入丰厚，家世背景也没得挑。许多人都安慰她，那个男人，真是没品位才会不选她。

人人都会安慰失恋者。

如果她是我们的朋友的话，我们不会告诉她，其实，她性格的某些部分，实在不招人喜爱。谈过恋爱的人总会明白，人有些更隐讳的

难弄明白的部分，连自己都浑然不觉，只藏在她的亲密爱人才会看到
的角落。她很杰出，没错，可惜，选个合适的情人，并不像是在选世
界小姐，条件好、才艺多的就会胜出。

　　感情上，如果可以选择的话，人们都明白，最后要拽的不是最好
的人，而是最适合的人。

　　谁说我们最喜欢的人一定最优秀呢？心不是用理性来衡量、以客
观为标准的。就好像一个有许多孩子的母亲，她最爱的未必是最优秀
的那一个一样。最鲁钝或最需要照顾的，可能最得到她的欢心，最让
她愿意付出爱。

　　也好像你家养的宠物，你有三只狗或五只猫，那只与你最投契
的，也未必是最聪明或市场身价最高、品种最纯的。

　　其实，我们终其一生，不管几岁，在一息尚存的时候，内心里都
在寻找一个"最适合的人"。有些人很幸运，很早就找到了。有些人
很不幸，一辈子没找到。

　　爱情并不是道德，爱情是一种感觉，只看它是否强烈到一个人的
理智不能抵挡。它是心的本能。

　　如果你爱的人，没有把心里的位置空出去给另一个人，那人又如

何能够在他心里占有一席之地?

他在讲感觉，你还在跟他论道理。对一个心已经不想栖息在你身边的人来说。你讲再多的道理，都是噪声。

万万不要等到这个时候，才想要挽回些什么，就算你万般有理地打赢了辩论赛，还是输了。我们必须承认，每个人都渴望有一个人，值得自己用生命来爱、终身来爱，只是有没有遇上而已。

一个最适合自己的人，换一句简单的话说，就是一个会让你的心温暖的人；让你感觉到人生活着还能燃烧一点儿热情的人；让你觉得这一辈子如果没有他，将一生遗憾的人。

而对对方来说，则深知这一辈子再怎么空白，至少还有你；能够爱你，他就是幸福的。如果你爱一个人，你一定要在他对你仍有爱时，当他的好情人。 （佚名）

相 遇 有 时 不 是 用 来 错 过 的

致女孩 ●

这个世界上就是有这么一个人，他突然出现在你的生命里，
让你一下子认定他了，让你觉得你之前所有的等待都是值得的，
让你即使将来分开也会想要在一起。

这个世界上有很多事情是我们无能为力的。

比如生老病死和总会枯萎的花，比如戴了好几年的玉佩突然不见
了，比如小王子不能跟狐狸在一起。比如曾经以为能够天长地久的某
个人有一天抛下你离你远去，比如，他不爱你。

可又有很多事情是不需要理由的。

比如海的蓝色和天空的宁静，比如突然冒进脑海里想要远离的念
头，比如在人群中遇到的知己，比如一向不愿意敞开心扉的你却愿意
对某个人毫无保留，比如，你依旧爱他。

这个世界上有很多事情是会变的。

比如放在窗口的盆栽天天浇水两个星期后就再没开出花来，比如曾经紧密无间的死党最终变得陌生，比如那条巷子不见了，再也找不到了，比如争吵过后逐渐消失的那种对他的感觉。

可是总有一些事情是不变的。

比如头顶的天空一直陪着你，比如难过的时候可以打电话肆意倾诉的那个人，比如黑夜终究要黎明，比如看灌篮高手、数码宝贝的时候涌起的回忆，比如你始终没有放下他。

那些与你毫无关系的人，就是毫无关系的。从第一天开始，其实你就知道，就算笑得甜甜蜜蜜，就算你努力经营这段关系。而那些与你有关的，就是与你有关的，逃也逃不掉的，有些人注定是你生命里的癌症，而有些人只是一个喷嚏而已。

你知道感情从来就不是你对他好他就会对你好的，你知道现在的恋爱谁都不是善男信女，谁都曾经或多或少受过伤看过那么多背叛，谁也不会刚恋爱一个星期就毫无顾忌地掏心掏肺。

你知道那个人可能不是那么喜欢你，你知道有的时候即使再怎么

努力也不能讨好每一个人，无法回报的感情，拒绝的话无论说得多好听，都会是一种伤害。

你知道有些话只是借口，你知道也许你们的恋情只是一时冲动撑不过一个夏日的午后，你知道你们的感情可能不会有那么一个美好的结果，你知道其实你身边的朋友没有多少人看好你们。

是的，很多时候面对朋友的质问，你也说不出到底喜欢他哪一点。也许自己早就不相信天长地久了，可是却想要从那个人嘴里听到他这样说。

如果从剧场刚开始的时候就告诉我们的结局，你会把票撕了转身离开，还是会对着我的眼睛说，没关系啊，我依旧会选择跟你在一起。

有些人值得你赌，只是因为你不想要放手让他离开，是的，朋友说你矫情说你幼稚，可是那又怎么样呢。

你要的就是现在，想要趁这个世界还不怎么拥挤，去找他去见他。

这个世界上就是有这么一个人，他突然出现在你的生命里，让你一下子认定他了，让你觉得你之前所有的等待都是值得的，让你即使

将来分开也会想要在一起。因为这是你这辈子里，唯一能握到你身边
那个人的手的机会了。

　　我们的相遇不是用来错过的。（卢思浩）

爱情需要空间和氧气，
才能获得最起码的生存

致女孩

愿你能早一点明白，对于长久地维系一段亲密关系而言，
好的性情比好的外貌重要，
反思自我比洞悉对方重要，修养品德比掌握技巧重要。
对于获得更多的人生的满足感而言，
成就一个自强独立的自我比成功地维系一段亲密的两性关系更重要。

一个人坐在半岛咖啡，等待着一个朋友的到来。今天的阳光很好，热烈却不夸张。

我选了一个靠窗子的位置，因为这个地方最安静，最适合倾听。朋友来了，无恙，眼神里却分明带着些许的忧伤。其实我大概知道朋友约我来的目的：他和她分手了。

我很开门见山，他也直奔主题。"你们怎么样？""还能怎么样，分开了。""再努力一下，也许会有转机。""不太可能了，我们都很累了。况且，她现在不想见到我。"我不知道再劝他些什么。

我想，当一个女人不想再见到一个男人的时候，也许，就是在自己的心里给这个男人判了"死刑"。

在见他之前，我已经接到过她的电话。她是大学时代睡在我下铺的姐妹，而他，则是我最要好的朋友。他们的结合常常让我们羡慕。我们常说："他跟她在一起，是在既当爹又当妈的基础上，才偶尔客串一下男朋友。"

他从不介意这些，享受着这样身兼三职的身份。

她也很爱他，这点，没人怀疑。我们说她就像他的影子，总是跟在他身边，形影不离。她却说："我要让他在需要我的时候，随时都能找到我。"

我们曾经"嫉妒"地告诉他们："距离才能产生美！"而他们却异口同声地反驳："我们不一样，有了距离，美也就没了。"

他点上一支烟，忽然意识到了什么，他赶忙把烟掐灭，放回了烟盒。

"她不喜欢我抽烟，特别是公共场合。那我就不抽，只要她高兴。她还不喜欢我上网打游戏，说那样会玩物丧志，我也可以不打，因为她说的也对。她不让我做的事情，我从不坚持，因为，我觉得她也是为我好，我该尊重她。也许她已经习惯了这样，左右我的生活，

她觉得只有这样，才能充分说明她在我心目中的地位。""所以你就厌烦了？想摆脱？"我问他。"怎么会呢，如果是这样，离开她，我该感到解脱，而不是不舍。"

望着眼前的朋友，消瘦的面庞上怎么也找不到当初他们幸福的表情。记得上一次见到他们是在一年前了，是为了庆祝男孩进入了一家日资公司工作。我和他开玩笑："听说日本公司都很苛刻啊，到时候没时间照顾你女朋友怎么办？"他望着她，两人幸福地笑了笑，坏坏地责备我："少挑拨!"

事实是，自从他去了那家日本公司，就像上满了弦，周而复始地工作。而她，毕业后就去了国家机关，工作压力和密度都和我们没法比。

说实话，一个女孩子找到这样的工作真是幸福，虽然月薪只是他的一半，但是，朝九晚五的生活，一年至少十天的探亲假，都是我们这些外企打工族根本无法想象的。很多人羡慕他们的生活，说他们两一个挣钱，一个顾家，简直是绝配。

在日资企业，他的工作时间不是法定的八小时，而是根据自己的工作完成情况而定，因此，加班简直是家常便饭。

一开始，她还只是埋怨他没时间陪她，但是后来，埋怨逐渐升级为了猜疑。

一次，他加班回家已经深夜一点了。一进门，就看到她坐在床上，他问她为什么没睡，她阴阳怪气地说想等他回家闻闻身上有没有香水味。他只当她在开玩笑，脱衣服去洗澡，可洗完之后却发现她正在床上翻他的口袋。他很生气，却什么都没说。

据说，那一晚，他们都无法入睡。他在想，她为什么会不信任我？她也许在想，他为什么会如此介意她的猜疑。第二天醒来，她已经去上班了，枕边是她给他留下的一封信。她说，她已经很久都感觉不到他对她的那种呵护了，更别提什么"身兼三职"。

他有点内疚，但却无奈。

生活逼迫我不得不奋斗，不得不透支生命般地过活。他不可能再像校园里那些无忧无虑的学生，浪漫而不食人间烟火。他能做的，只是趁着年轻多挣些资本，让她能过上更好的生活。

她开始不停地在加班时间给他单位打电话，有时一天能打上七八个电话。

后来，同事在给他传电话时，都会开玩笑似地加上一句："你老婆又查岗了。"有一次，他实在忍无可忍，语气很硬地告诉她："我在单位，你可以放心了吧?"

他说，那是他第一次向她发火，以前，他甚至没有大声和她说过话。后来，她向他提出一个条件：以后他的手机要随时让她检查，不许删除电话记录。他答应了。

他想，如果这样能缓解她的猜疑，能巩固他们的感情，他愿意这么做。

我有些疑惑，记得大学时，每晚的"卧谈会"，她都会教育其他室友要如何对待感情，最经典的一句就是：要充分地相信男友，才是相信自己。

如此聪明的一个女孩，怎么也会到查男朋友手机的地步? 事与愿违。这个荒唐的协议，从生效的第一天起，就开始一步步地"扼杀"了他们的感情。

她会因为一个她不认识的电话而对他追问再三，也会因为一些玩笑短信而逼他解释。慢慢地，他累了，不再响应她无聊的发问。她也累了，懒得和他争吵，追问那些没有答案的答案。他们都觉得，在一起不开心，不如分开冷静一下。

他还爱她，所以不愿意失去她，他相信她还是那个单纯、热情的小女孩，所有的一切都是因为她太爱他了，他想把她找回来，重新过回彼此信任、彼此挂念的生活，但是，她却不肯了。

我相信他说的是真的，但我也明白她的苦衷，她的不肯，决不是缘于爱的不在。

在她给我的电话中，她说："我无法再面对他，也无法再面对自己。我不知道自己为什么会傻到去猜疑一个如此爱我的人，我痛恨自己曾经那些愚蠢的做法。那些无端的猜疑害得他想要逃离我，也害得我感觉到了疲惫。我不想让他在记忆里永远留下那些'歇斯底里'的争吵，所以，我只能选择离开。"

我一直以为，只要有爱，没有什么不可以。望着面前茫然的他，想着依然爱他却选择离开的她，我想，也许爱情和人一样，需要信任，需要空间，需要氧气，才能获得最起码的生存。（佚名）

先 找 到 自 己 的 频 率 ，
再 找 到 跟 你 频 率 相 同 的 人

致女孩

愿你不再害怕孤独，不再去害怕面对之前的自己，不再急于寻求外来的安全感，

而是能从自我找到安定的力量，

也就找到坚持下去的勇气，找到属于你自身的节奏。

大丹前阵子找我聊天，说自己爱上一个男孩儿，但感觉和他没结果，不知道要不要坚持，每天因为这件事烦躁得要命。

我问她什么情况，她说自己在武汉，而他在英国。两人认识的时间也不算短，彼此也都喜欢，只是见面机会很少，不知道未来会发生什么。

我说："能遇到让你心动的人多难得，路过别错过。"

她说："听我说完。我知道现在自己真的不像以前那样了。如果我小一点，不用多，小一两岁就好了，我肯定毫不犹豫，我绝对不纠结。"

虽然我比她大很多，但我其实能感到她的焦虑。

都说人一长大，爱上一个人的第一感觉是害怕。谁都是披荆斩棘走来一身的伤，不见得再有余力去面对更多的不确定，而你身边的朋友圈也已经相对固定，你知道应该怎么和身边的朋友相处。与之相比，重新认识一个人，把自己的身心再投入进去，反而像是一种冒险。

尤其是像大丹这样已经到了被催婚年纪的人。

不知道自己该不该付出，因为不知道会不会有结果。

所以说不知道是幸运还是不幸，现在的我们，连恋爱都在规避风险。

再说说小佳，前阵子去相亲，对方条件不错，长相也是她喜欢的类型。

我说，那不是挺好。

她说："我跟他单独在一起的时候，多待一秒钟都觉得尴尬。两个人面对面坐着，就各玩各的手机，把手机放下又不知道讲什么，简直就是折磨。"

小佳曾经和我说过，每天忙到晚上，一个人回家空荡荡的感觉并不好受，有时候也会想有人陪着。看到朋友结婚的时候，自己也会羡慕会感动，有时候想随便找个人嫁了，不求别的，就求有个人在身边。

但在那天以后，她得出结论，那就是自己可以去相亲，甚至在某种程度上可以将就自己，但谁都别想让她和一个连共同语言都没有的人生活在一起。哪怕对方条件再好，这点也绝对不将就。

如今，小佳已经独自生活五年，家里催她相亲督促她结婚，她都能应对过来。

小佳的一句名言就是：也许你不喜欢的人以后会慢慢喜欢，也许你以为永远见不到的人下一秒就能出现在面前，随遇而安。

我打心底里佩服一些人，无论男女，他们大多有着自己喜欢的事情，知道自己想要什么。他们知道有些事情需要妥协，但有些事情依旧在坚持。他们也需要爱情，但从来不会那么依赖爱情，他们懂得现实的重要性但也不影响他们坚持自己的浪漫。他们会孤独也会想有个人陪伴，但从来不会病急乱投医，匆忙找到下一个拥抱。

就像小佳这样，也只有这样的人能够保持从容，真正做到随遇而安。因为他们并不把爱情看作是一种急需完成的试卷，而看作是一种让自己人生更完整的东西。

如果爱情不能让你比现在过得更好，宁可不要。当他们遇到让自己心动的人，一定会果断地付出，因为他们不害怕失去。

无论多着急，或者面临一个什么样的情况，都不要丢了自己。无论多害怕失去，也不要被不确定的未来影响了现在。在大多数的等待或者坚守中，本就有着太多的不可控，你不知道身处的这段感情会走向何方，你能做的就是把自己变得更懂得珍惜更优秀，从而能够不再那么害怕失去。

如果说现在的恋情真的需要规避风险，那么这才是规避风险的正确办法。

或许应该慢下来，至少不要急着爱，不要急着恨。尽量不要把太多寄托在爱情上，更多的寄托在自身。

期待着一段恋情能拯救自己的人，只会把感情累死。只有自己过得好，两个人在一起才能更好。

我曾经在看《老友记》的时候，被下面一幕深深打动：

钱德勒向莫妮卡求婚，钱德勒说："我以为我开口的时间和地点很重要，但其实最重要是你。你让我得到了超乎我想象的幸福，我愿

意用我的下半辈子让你和我一样幸福。"

重要的不是什么时间和地点，重要的是人；重要的不是对方有什么条件，而是你站在他面前的时候，能感受到什么。

我身边有很多朋友，都说自己不小了，但其实也没有那么老，都多多少少受了点伤，都到了尴尬的年纪。你或许也是如此。他们还在为了梦想、为了感情而努力。你或许也是如此。

看到这里的人，或许你和大丹有着相同的困扰，或许你也在将就和坚持中徘徊不定。

能遇到让你重新心动的人很难得，不要因为害怕失去而主动放弃拥有的可能性。

对了，大丹告诉我她决定和那个男孩儿在一起了，她说就这么逃跑的话两个人就肯定错过了，先把当下的日子过好，这样，将来两个人分开，至少也不会辜负现在的相遇。

当你遇到让你心动的人，就试着去改变，试着付出，试着了解，至少不要转身就逃跑。

当你失去了再次相信的勇气时，就慢下来，不要着急逃跑，也不要着急给答案。时间能让你看清很多东西，包括你自己。

人生能让你后悔的次数并不多，愿你还能像大丹一样，鼓起再去相信的勇气。

而如果你现在孤身一人，在坚持和将就中犹豫纠结。希望你能够再坚持一下，先过好自己的日子，把自己变得更好，才能让相同频率的人看到，要让自己拥有过得更好的资本。

无论你将来会遇到一个什么样的人，过上一种什么样的生活，生活都是先从遇到自己开始的。（卢思浩）

你 要 成 为 动 人 的 猎 物，
才 能 吸 引 来 好 的 猎 手

致女孩

每个女孩都想找到，将自己视若珍宝的人。

但实际上，或许有人会爱你，或许有人偶尔对你百依百顺，

却很难做到一辈子都珍惜。

所以，你最需要做的是，在寻找那个对的人的过程中，同时将自己视若珍宝。

别人爱你都是虚妄，珍爱自己才是真。

我有一个好朋友米卡，她正在铆足劲儿学习西班牙语，为的是跟自己的男神无障碍交流。

对于这种花大本钱的单恋行为，我是相当不屑，甚至打击她都快三十岁的人了，这么孤注一掷是有多幼稚？

孰料她摇摇头说："我努力就是为了不再幼稚，我得对得起自己的喜欢。"

你看，这就是剩女的执着：无畏而庄严地守护自己的初心，不依赖任何力量，不放弃任何执念，相信自己的抉择。哪怕手无寸铁，也有举刀而立的气魄，纵隔万水千山，也不能阻断风驰电掣的喜欢。

你觉得这样的激情澎湃不靠谱，但是，谁知道这是不是一个磨练心智的开始呢？

也许追溯根源永远比陈述现实更加有吸引力，我应该从米卡如何邂逅男神的那一刻说起。

那天，失恋的大龄女青年米卡在五道口逛了一天。暮色垂垂，米卡独自去韩国餐厅吃烤肉。

她好像从来没一次吃下过那么多的烤肉，事实上，圆滚滚的肚皮告诉我们，这姑娘不仅能吃肉还能喝酒。

吃多了肉喝多了酒，米卡脸上红通通的，她站起身，一步迈出，摇摇晃晃，索性随手一抓以便解救即将摔倒的困局。

待站稳了身体，米卡才来得及回过头去看身边的扶手——一只骨节分明的纤长大手，抬头看，对方一脸帅气的模样。

"不好意思。"米卡感觉脸又热了一下，但也只是一下。

"你还好吗？"对方用生硬的中文表达着关心。

米卡的嘴唇动了动，那一句"我没事"始终没说出口。她忍住头

疼，站起身，轻轻地摆了摆手。

如果时光也有视角窗口，便会悲悯地发现，她正用尽全力地维护着自己最后那一点点尊严。

你以为事情就这么结束了吗？

当然不，站起身的米卡，这次一步未迈，就吐了。

男神那一刻还未能成为米卡迷恋的神，他的名字叫杰克。事后的桥段依然老套，为了赔偿西班牙男人杰克被波及的外套，米卡记下了他的联系电话。

周末，米卡约杰克，他穿一件宝蓝色衬衫，黑色的短发有些微微的自然卷，米卡坐在对面，看着他从容地推开咖啡店的玻璃门，忍不住定下心，一望便是目不转睛。

四月，太多的植物发芽了，生长了，包括资深剩女米卡的心。

杰克是西班牙企业驻北京的机械工程师，刚到北京没几天，在这陌生的大都市里，他还没来得及交上朋友。

米卡听了心里窃喜，主动揽下了导游的工作。

杰克很快在北京如鱼得水，能力出众，性格温润，虽然一根筋，又呆呆的，却总不乏女生喜欢。

　　米卡站在一旁，静静地看着围绕在他身边的环肥燕瘦，内心已是波涛汹涌，真心期盼她们下一秒找到真命天子，以彻底掐灭她们对男神的垂涎。

　　这么想着，米卡更自卑了。有谁，但凡正常的男人，没有人会喜欢一个灰头土脸身材壮硕的大龄剩女吧。

　　改变的决心，从那一刻变得坚定无比。

　　早晨从一杯温白开开始，它能迅速排解在体内堆积了一晚的垃圾。

　　米卡一直嫌弃自己的牙齿不够白，怎么办呢？哈，那就每天的早餐水果来上两颗草莓。

　　长期熬夜，肌肤冒痘，好吧，从现在开始，她每晚 22 点准时上床休息。

　　工作量大，每天累到躺在床上只想喘气，何以谈减肥呢？没关系，早晨一份薏米红豆粥，晚上一杯纯豆浆，PPT 做累了就抬抬头，累了伸伸胳膊动动腿，减肥又减负。

　　就这些简单的小常识，方法简单，成本低廉，而且是纯天然，副

作用几乎为零，如果非要说出缺点，那就是很不容易坚持。

这世上没有任何一件可以一劳永逸的事，倘若你渴望更好的自己，又没有足够的耐心和毅力，你很难达到理想的状态。

变美这件事更不可能来得毫不费力，它更需要日复一日不厌其烦的坚持。

所以说，美丽是一条不归路，如果你没有牺牲随心所欲的准备，就不要再羡慕别人趋向完美的脸蛋和身材，就不要再抱怨早早被男人无视存在。

米卡就这么一生不吭地坚持了半年，当然，一笑还一报，坚持之后得到的成果是卓然的：皮肤虽然不及剥了皮的鸡蛋一样光滑，却也水嫩有光泽，身材紧致了，以前需要衣服遮盖瑕疵的蝴蝶臂和小肚子已然消失，修正了身体的小瑕疵，自信心当然爆满。

女人快三十岁的时候，遇见心仪的男人不会再暗恋失眠，她会主动出击，历经成长的蜕变，她们已然懂得自己需要什么，如何得到所需，她们很自省，认定活到老美到老是无法逃避的社会需求，她们看重自身，而非一味向他人索求。

米卡穿着玫红色的长裙，珍珠白的小外套，脚踩高跟鞋，栗色的卷发间别一支素雅的发夹，浑身散发出一缕香气，琢磨不定，若隐若现，那是轻熟女孩所散发的优雅味道。阳光懒洋洋地晒在她身上，杰克眼底闪出热烈的火花。

若你们以为这样就成就了一段有始有终的佳话，那就大错特错了。杰克遗憾地告诉米卡，他的派遣期就要到了，如果不出意外，他会回西班牙。

世道就是这么不易，女人处处碰危机。

米卡在电话里告诉我，她在学西班牙语，等达到 A2 的考核标志之后，她会向马德里康普顿斯大学提交入学申请。

我以为米卡这次也是冲动一下，单身女青年，为美丽努力是正常，为了一个男人如此大动干戈就是脑袋烧坏了。

显而易见，米卡竟然真的励志了一把。

一个月，米卡不但坚持下来，就连经常同她见面的我，都能感觉到她的亢奋。

"你这样做值得吗？他会领情吗？"我如此泼冷水。

她缓缓抬起头来，一手闲适地拢了拢卷发，一字一句地说："可

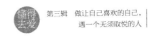
是，没办法，我喜欢他，我得对得起自己的喜欢。"

阳光肆意缀在光滑的玻璃上，我们听着彼此静静的呼吸声，我明白过来她轻描淡写背后的艰辛意思，为了能够漂亮而优雅地出现在男神面前，她费尽了心思，做了多少努力。

道格拉斯·米尔多说："一个人的年纪就像他鞋子的大小那样不重要。如果他对生活的兴趣不受到伤害，如果他很慈悲，如果时间使他成熟而没有了偏见。"

有多少女人期望寻求一个"怕失去我的"人，是一味懒惰，一种糊涂，不断期望，然后只能不断失望。你妄图在爱情领域里翻云覆雨一劳永逸，却忽略了，哪怕身在童话世界，也到底是成年人。

说白了，图谋一个"怕失去你的"，都是懒惰在作祟。

爱是要随着时间一起成长的。你要把自己包装成一个动人的猎物，才能吸引来好的猎手。

世界那么大，生命那么长，面对望而不得总得努力一下吧，即使不能破茧成蝶，变成蛾子晃花人眼也是好的。何况，命运那张一本正经的脸，总爱来点不适宜的趣味表情，你刻意追求，它翩然飞走，你专心致志了，惊喜会悄悄降临。女神和女神经的区别在于，一个不断完善自己，一个在任岁月蹉跎自己。想要得到男神，就请先把自己变成女神。

三个月过去了，米卡还没拿到 A2，但已升级为女神的她，俨然吸引了男神的爱慕，在她生日那天，男神 A2 表白了。（夏苏末）

|第四辑|

原 谅 这 个 世 界 的 不 美 好 ,
也 原 谅 这 个 世 界 没 有 童 话

这个世界是公平的,所有从你手中流逝的,终有一天会
以你希望的样子回到你手里。那些你沿途洒下的汗水,
那些你暗自回流的热泪,那些你倾心传递的温暖,已悄
然地流向宇宙的某一个角落。而所有藏匿在未知远方的
细流,将在不经意的某一天汇聚成一道彩虹,穿越时空
回来拥抱你。

许 / 你灵魂丰满，
愿 / 你欲望清瘦

不是所有善良的人，
在爱情里都是好人

致女孩

那些荒谬的往事，那些疼痛的记忆，那些生命里出现过又消失的人。

他们影响了你，塑造了你，完善了你。

只有更好的你，才值得拥有更好的人。

这就是青春的价值，也是恋爱的意义。

　　二十岁的姑娘就坐在我对面，委屈地撇着嘴，不管不顾餐厅里的其他人，红着眼睛情绪失控。

　　"当初为什么和他在一起，不就是因为觉得他是个好人，善良到连蚂蚁都不忍掐死一个，还能对我坏到哪去？可是现在呢，才不到半年，他就整天窝在寝室里打游戏，我每天要去送饭，周五要为他洗衣服，只要一个电话，我就必须随叫随到。可我不舒服，发烧到四十度，饭都吃不下一口，连起床的力气都没有，他怎么连一个电话都不肯打给我？我就跟他抱怨了几句，他就大吵大嚷：'看不惯就分手!'

为什么，这是为什么呀?"

面前的咖啡从温热放到冰冷，姑娘的眼泪吧嗒吧嗒地滴在杯子里，泡沫漾起微小的涟漪，那一定是苦涩的味道。

亲爱的姑娘，我坐在这里，看着你这张不需要护肤品保养就白嫩光洁的脸蛋，挂着弯弯曲曲的泪痕，心情并不好受。

你让我想起自己的二十岁，和你一样地单纯无瑕，用一股飞蛾扑火的信念去爱一个人，觉得所有善良的人，在爱情里都会是好人，值得我不计回报的牺牲与付出。

我二十岁时迷恋的男生，特别喜欢孩子和狗。那种遇见小婴儿就要停下来抱一抱，塞块糖在他软软的手心里，还有特意买几根香肠去校门口喂流浪狗的细腻，是我瞬间就爱上的善良。

他为人彬彬有礼，是肯用功读书的好学生，又谋一份学生会差事，做得有条有序。

更重要的是，和那些当个芝麻官就觉得可以指挥一切的人不同，他组织的每一次活动，都对新晋成员照顾有加，不忍看到有人掉队，凡事亲力亲为，是深夜有人打电话请教问题都不会敷衍的好脾气。

所以姑娘们总是凑在一起八卦着："谁要是和这么好的人在一起，一定还会超级幸福的吧。"

可就是这个善良的大男孩，在和我牵手的半年后，每次去超市都把手推车和购物袋交给我，生病时让我一个人冒着风雪去医院打点滴，吵架时把不识路的我扔在陌生的街边径直走开、关了手机。

在一次聚会之后，我和他走在散场的人群中，十厘米的高跟鞋让我的双脚备受折磨，笨拙缓慢地挪动，他嫌弃地都不愿牵着我的手，就那样自顾自地走在前面。我哭丧着脸，追着前面那个仿佛永远也赶不上的背影。

这一幕，直到可以穿着高跟鞋跑去抓贼的今天，我还是没法得到释怀。

亲爱的姑娘，就像今天的你一样，我一个人闷在被子里，几乎呜呜咽咽了一整个晚上，眼睛红肿，喘息不顺，心里装满对爱情的问号，"那个善良的人哪去了"？我的手机，一直没有响起，我就紧握着它睡去，直到泪水蒸发干净，手心里的振动让我马上睁开眼，屏幕上干净利落的"分手吧"，让我几天前还在构筑的和他在一起的未来崩溃瓦解。

二十天后，那个善良的男孩，那个可以在同学聚会上用自己不多

　　的钱慷慨地付掉全部账单的男孩，那个拿着班级的钥匙每天早上都准时起早开门的男孩，那个遇到朋友求助随时两肋插刀的男孩，就在校园里招摇地牵起另一个女生的手。

　　我的心彻底冰凉，一个对流浪狗都可以用尽温柔的人，竟然不肯分给我一点点的怜惜。

　　那时候大家都在议论这段瞬间就"老死不相往来"的分手，迎面走来的姑娘，目光里都暗藏一种意味深长的窃喜，我猜得到那些三两个人聚在一起回避我窃窃私语的内容，大概会是"那么善良的学长，都闹到分手的地步，一定是她不好"。

　　许久的以后，我又经历了几段感情，从那些长相干干净净做人又光明磊落的男人身上，我总是期望可以得到好一点的爱情。

　　可是经历之后才发现，原来肯为你拎包开车门连天气都要每天嘱咐的男孩子，会看别的漂亮女孩子；原来每周末都去福利院做义工的男孩子，会对一段感情说尽谎话；原来孝顺父母慷慨磊落的男孩子，竟然会为更好的人和你分了手……

　　我一意孤行地认为一段好的爱情，前提条件一定包括对方是个善良，孝顺，充满正义感的大男人，可是感情这回事，兜兜转转才发现，它和品质并没有预期中的那么多关联。

我情史单一的男性朋友，最终结了婚，频频抱怨，老婆婚前是多么通情达理的女人，他生病时，她甘心在冰天雪地里乘二十几站的公交车去给他送饭，为他打扫房间，洗馊掉的碗和袜子，日子穷苦，却也没有半点怨言。

如今每当吵架，那个曾经温柔似水的女人，就披头散发地冲着他歇斯底里，"你甭想离婚，离了你那钱就都是我的，你一分都带不走"！她不愿意为他洗衣煮饭，甚至不再体味他的辛苦，偷偷在被褥最底下藏着钱，偷存在他不知道的账户里。他三十岁不到的身体，已经出现早衰的征兆，头顶的发际线后退得明显，早出晚归无止境陪客户喝酒的日子，就流过她日渐冷漠的眼皮下。

我的生活圈里，被一个女人把千辛万苦积累起的身家给搞垮的可怜男人，这不是唯一的一个。

几年前我们都在心底嘲笑过一个朋友，二十岁出头的年纪就敢轻率嫁人。男方是一毛不拔的自私鬼，聚会时钱包永远不在身上，做事也常常落井下石。

可是就是这样一个人，在老婆出国留学的三年里，他就辞掉颇

有前途的工作，一边陪读一边包揽下全部家务，在异国的冬日晚上，不标准的英语，和印度老板背着吸尘器清扫高楼里的办公室，赚一点辛苦钱补贴家用。

他们回国后，我们忽然开始嘲笑自己，这些年都在关注身边的人是否对别人温柔，却从未想过，自己才是一段感情里最该受到优待的人。

亲爱的姑娘，我一字一顿地和你讲，我几乎全部的爱情经历，为的是可以让你尽早懂得，不是所有善良的人，在爱情里都是好人。你可以把善良当作加分，但它绝不是评判一个恋人是否合格的标准，他对待世界的那份体贴，未必就会用在你身上。

你所要做的，就是睁大眼睛，排除一切表面的虚幻，看进这个人的内心，是否腾出最温柔的一个地方留给你，再不管不顾地付出也并不迟。

亲爱的姑娘，在我二十岁的时候，并不相信过来人的大道理，那些所谓"初恋熬不到结婚"的话，我骄傲得一句也听不进。现在的你，虽然泪眼婆娑地痛斥着那个差劲的男朋友，但我想你心里一定还为这感情留有回旋的余地。

所以我猜大概两天后，你们就会重新和好，你会被他真挚的道歉打动，又做回那个顶着大太阳每天都乖乖去送餐的女朋友，再不久，你们也许会因为一次激烈的争吵撕破脸皮，他大发脾气暴跳如雷，你也粗暴地甩门而去。

经过痛苦很久的挣扎，你终于想开，换掉手机号码，认认真真投入之后的每一段感情。

我不能阻止你即将受到的伤害，只能祈祷，那些伤害过你的，未来再不会让你心寒。

二十岁的姑娘，碎花裙里的你像雏菊一样清新，我闻得到比绿茶香水还芳香的味道，那是青春特有的气息，总有一天你会从你的花季走到我这里，会对从前执迷不悔的感情恍然大悟。

而我只愿，你此后遇到的男孩，即便辜负整个世界，也别负情于身边的这个你，也愿你一直会是爱情里的好姑娘，这世界人人都有一颗玻璃心，摔碎了就再也补不回。（佚名）

成 长 是 学 会 与 不 够 优 秀 的 自 己 和 解

致女孩

每个人都有觉得自己不够好，羡慕别人闪闪发光的时候，

但其实大多人都是普通的。

不要沮丧，不必惊慌，做努力爬的蜗牛或坚持飞的笨鸟，

在最平凡的生活里，谦卑和努力。

总有一天，你会站在最亮的地方，活成自己曾经渴望的模样。

我很少认为自己优秀。

小时候是学不会哭泣、卖乖、懂事，得不到大人的夸赞和奖赏；长大一些读书又不够好，不善交际，老师和同学很少关注自己；总算跌跌撞撞地找到以后要走的路，在决定努力写作的时候，又发现在做这件事并且有才华的人多如过江之鲫。

时间让我认识到，我是一个不漂亮，不苗条，不富有，缺少天分和文字直觉的人。

跟现在的朋友聊起小时候的事，她说小时候觉得自己非常特别，一定和别人不一样。她认为自己的身体里没有器官，是独立而不同的个体，但有次生病需要照 X 光，她在医院里看着片子非常失落，因为她发现自己与其他人没有什么不同。相同的构造，相同的器官。她第一次体会到沮丧这样高端的感觉。

不知道你是不是也有这样的经历，有许多让现在的自己发笑的想法，并认为当时的自己幼稚且荒唐。

曾经的我认为现实中有嫦娥，她可以帮我完成暑假作业；认为我在晨读时间随机哼出的歌词，可以红遍中国；认为自己拥有稀缺的血液，能够拯救世界；认为我手背上心形的粉色胎记，是上一辈子留下的记号；认为有其他平行空间，生活在那个世界的人可以看到我，诸如此类。

当然，随着长大我发现这些认为统统不成立。有一段时间我非常不开心，觉得自己一无是处，因为跟想象中的"我"比起来，自己实在太平凡太普通了。我很生气，生气于我怎么能是这个样子！

这个发现是不是有些残酷？

但，这个世界上也有奋起直追、笨鸟先飞、大器晚成等成语。有

二十七岁才正式学画，到五十六岁名声大震的齐白石；有四十七岁才打算揭竿而起，五十五岁建立大汉王朝的刘邦；有六十五岁才出版第一本书的作家劳拉·英格尔·怀德。

　　我不知道他们小的时候是如何看待自己和世界的，至少，后来他们知道了平凡的自己，可以努力改变，并做一些不平凡的事情。

　　人不能一直停留在想象。这样十分消耗比高原氧气还稀薄的自信。一旦失去自信，在不知创造并且怀疑自己的情况下，人很容易窒息。会被平凡的生活扼住脖子，透不过气，然后放弃挣扎的能力。

　　我慢慢地放过自己，了解自己没有超凡的能力。接纳这样的自己，去尽力改变思想不够成熟，写作技能宛如新生婴儿的自己。

　　时间让人的身体成熟，但也带来思想的空虚。身体像一件单薄的容器，经不起敲击，很容易破碎。

　　思想如钢铁、石块、泥沙，每增加一些知识，就像在容器里投入一些贴补壁面的材料，慢慢地，躯体和思想相称，才能变得坚不可摧。

　　但如果不将皮囊中填入实质的内容，放纵思想的空虚，人一旦遇见现实锋利的针尖，皮囊就会被扎破，空虚如风飘散，身体将变成萎缩而干瘪的气球。

我知道自己需要钢铁、砖块和泥沙，所以在不断修炼着。

关于想读的书，想锻炼的身体，想变得更漂亮的外表，想获得读者认可的心情，想写出精彩内容的才华，对于这些追求，我一刻也没停止过。

但偶尔也因疲惫懈怠读书，因懒惰而放松健身，因妥协于平凡的眉眼而不去打扮，因一些忽略和批评而拒绝接受，因不曾得到天赋的垂青而异常失落，这些瞬间，是阻碍我的沼泽、沙漠、鸿沟或悬崖，我曾停在它们前面，因为害怕陷入危险，可是有什么比平庸更危险呢？

我拒绝平庸的方式有些土气，是出走、读书和抗拒融入平淡的生活。确切地说是思想上抗拒融入平淡的生活。

我在努力变成一个有趣的人。当内心出现懊恼、烦躁、犹疑、愤怒的时候，我都劝告自己，不要这样，生活还有许多有意思的事情需要去做。

烦躁就坐下来看风景，疲惫就停下来听音乐，孤独就读治愈的故事，愤怒就换上衣裤去奔跑发泄。把每一天的经历都仔细感受，发呆、快走、被碰撞、受委屈、同情生病的虚弱者、爱慕漂亮的明星、

期待一场愉快或悲伤的恋情，这些都是我在做的事。

　　我希望时间能带来真正的成长，而不是每年更改的数字。

　　接纳自己的普通，让努力的自己和现在不够优秀的自己和解吧。

（沈十六）

许 / 你灵魂丰满，
愿 / 你欲望清瘦

如何给欲望一个恰如其分的位置，
是女孩一生的功课

致女孩 ✎

有人会问，女孩子上那么久的学、读那么多的书，
最终不还是要回一座平凡的城，做一份平凡的工作，
嫁作人妇洗衣煮饭，相夫教子，何苦折腾？
其实，这些所谓的折腾是为了让你认清自己，
将欲望放在生活中合适的位置，就算最终跌入烦琐，洗尽铅华，
同样的工作，却有不一样的心境，
同样的家庭，却有不一样的情调，
同样的后代，却有不一样的素养。

　　我们总爱说条条大路通罗马，但当很多的选择摆在我们面前时，
我们依旧是无路可走。

　　距离考研结束已经有快半个月的时间了，我的心情一直很平静。
除了等待结果，别无选择，相比较周围一片备考公务员的同学，这多
少让我显得有些寂寥。

　　有天深夜，我和老师在学校散步，她问起我今后的打算，我说等
成绩，她问："没有想去试试考公务员或者教师证？"我不假思索地

说："我不想去尝试其他的道路，我还是想要好好读书，做学问。"
她点点头，说："也好，这条路最适合你，做其他的你也不会觉得快
乐。"

另外一种说法是我好朋友告诉我的。我陪她去买考公务员的教
材，因为交情很好，我便随口劝说："你尽量把时间用在教师招考
上，不要太过于注重考公务员，你不太适合。"她好像听了一个笑话
一样，很不屑地说："你别太天真了！现在找工作这么难，哪还能考
虑是否合适？世上的事就没有适合与否，经验都是训练出来的，做得
久了也就适合了。"

其实，我们两个都是别无选择，只不过程度不一样而已。

她的别无选择，因为本身是一个普通师范院校的毕业生，家庭无
背景，自己也没有特别的专长，只能找一个能养活自己的工作。在每
年高校毕业生成千上万的今天，找一个简简单单的饭碗对她来说，也
是不容易的事情。

而我的别无选择是由于固执地坚持自己内心想要的，结果也是别
无选择。没有任何人可以说服我去做其他的事情，我就想考研考博，
在大学里面做研究，不能留在大学里，对我来说，一样是走投无路。

我相信，无论你的境遇如何，身份地位怎样，都会有这样"走投无路"、"别无选择"的时刻。

每个人都是有选择恐惧症的，很多路摆在你面前，你只能选择一条时，我们都会犹豫，都会不知所措。这个时候，我们唯一能够依靠的只有自己。

此事，不要指望别人给你建议，好心的朋友、闺蜜或许愿意帮你，但也只有你自己知道，你根本听不进去，即使听了，转眼也把它否定了。

你能做的就是在内心，不断地与自己对话，想要什么，不想要什么，最看重什么，什么事完全不用考虑的，一个问题一个问题地提出，一个一个地解答，翻来覆去，直到把自己认识清楚了。

无数个这个时刻的累加，无数个"走投无路"的解决方法，都使得我们一步步靠近自己的成功。

这是只属于你一个人的分娩，会很痛，会想哭，但疼痛之后，迎接你的是新生，一个崭新的灵魂。

在清洗灵魂的过程中，我们最大的敌人就是欲望，如何给欲望一

个恰如其分的位置，是女孩一生的功课。我访问刘同时，问过他一个问题："你如何看待现在的年轻人一会儿忙着考这个，一会儿忙着做那个？"他没有正面回答，说："我给你打个比方吧。它跟爱情是一样的。如果你喜欢一个女孩，你只能根据她写一封情书；如果你要追100个女孩，你还只写一封情书，那你谁都追不到。"在弱肉强食的现代社会，每个人都想着"先拿到手"再说，争先恐后地往自己怀里揽东西，殊不知，在这个筋疲力尽的过程里，你已经输了。

所以，在面临选择时，尤其是把你逼到"墙角"的选择时，把它看作一次机会吧！一次清洗灵魂、摆正欲望、认识自己的机会。（蓑依）

许 / 你灵魂丰满，
愿 / 你欲望清瘦

过 自 己 喜 欢 的 生 活 要 有 资 本

致女孩

过自己想要的生活，上帝会让你付出代价，
但最后，更优秀更完整的自己，就是上帝还给你的利息。

你羡慕别人放下一切说走就走，你渴望摆脱工作的痛苦烦躁，你总是在想，别人为什么能到处旅行游玩，别人为什么能拿奖学金，别人为什么能升职。

你总是"别人别人"地以为着，希望自己也能像别人那样。但是，你有资本吗？没有资本的话，就请在今天努力吧。

因为我一直都这样认为：过自己喜欢的生活是要有物质保障的，除非你的家庭很牛气。

有很多时候，别人展示自己游玩过多少个地方，展示自己的生活过得多么优越，日子多么滋润，然后你默默低头沉思着，想着自己现在所过的生活的烦恼，不喜欢现在的生活，讨厌现在的一切。

但是你忘记了，很多时候别人都是把自己美好的一面展现出来，所以你看到的只是美好那面，而另外一面说不定不是美好，可能藏匿着你看不见的各种悲伤辛苦。

你想要旅行，可以，但是请先有资本；你想要辞职，可以，但是请先有资本。

如果你暂时没有资本，请撕掉虚荣，放下浮躁，在当下努力，为自己想要的累积资本。

在大多数情况下，这个世界本来就是不公平的。如果你没有好的出身、好的长相、好的学识等，那么请不要再埋怨上天对你不公平，为什么好的全部让别人占据了，而自己得到的全是不幸。

其实你埋怨了也无济于事，因为埋怨不会让那些不好变好。你想要买到百元的东西，那么你就得付出同等努力。你想要得到成千上万的东西，那么你的付出更要与你想要的成正比。

不要总说老天亏待了你，你所面对的挫折、磨难、伤痛都是老天在考验你，看你是否配得起它将来要给你的幸福。

如果你想过人上人的生活，就要接受面对各种挫折。

如果你羡慕别人安稳的日子，羡慕别人的一切，但你不为自己想要的生活而努力，那么你永远都只有抱怨的命，好的机会永远都轮不到你。

如果你努力了，那么你就多了一次机会，也减少了坏运气的概率。因为你强大后，就会遇见和自己一个圈子的人，也会得到很多机会。

我最近在读的书中，都无一例外地提到了"趁年轻过随心所欲的生活"、"放下一切出发吧"等诸如此类的字眼，甚至还大言不惭地说"你待在办公室，留在小城市只是坐以待毙"，只不过我想问一句，你不顾一切说走就走去旅行的资本是谁给的？如果靠爸妈，那么我无话可说。

如今，有越来越多的年轻人，开始迷恋甚至是沉沦于"说走就走的旅行"，开始向往西藏、丽江这些逐渐被世俗浮躁所覆盖的地方。

其实你想到说走就走之前，或者放下一切不计后果的旅行前，是否问过自己：我旅行的资本是什么？我上路后就真的可以改变所处环

境的不安吗？我辞职旅行回来后又能干吗，有退路吗？

　　所以，你想要改变现在的境遇，那么你光想是不够的。不努力，不行动，总以消极抱怨的态度对待生活，那么生活永远都是不公平的，你永远都适应不了快节奏的生活。

　　生活不会平白无故就给你想要的，你想要过喜欢的生活，就得去争，去耕耘。如果你觉得自己贫穷，那么就去努力学习，努力工作挣钱。

　　有时候你不喜欢现在的生活、现在的圈子，那你为什么不让自己努力，然后跳出现在的圈子或生活，去过自己喜欢的生活？

　　你努力奋斗最重要的理由，就是过上自己想要的生活，有说走就走旅行的资本。

　　所以，如果你正为自己想要的生活而努力奋斗着，那么请继续坚持。别害怕追梦过程中的孤独寂寞，因为追梦就像是一场马拉松，最终能坚持到终点的人寥寥无几。

　　如果你仍然激动着所谓的"青春就是说走就走"，相信着"再不出发就辜负了青春"之类的话语，那么，请放下你的浮躁，撕开虚伪

许 / 你灵魂丰满，
愿 / 你欲望清瘦

的面具，想想你说走就走的资本，柴米油盐物质有保障了吗？上路是
为了信仰还是为了炫耀？

　　说真的，我并不羡慕你放下一切说走就走的旅行。因为我相信，
总有一天，我们都会有一场旅行。现在的忙碌辛苦，是为了上路后的
欢喜踏实。（沈善书）

放 下 是 从 分 开 后 ， 就 已 经 在 进 行 的 事

致女孩

请记住，离开一个地方，风景就不再属于你；

错过一个人，那人便与你无关。

半夜口渴，并且渴得很离奇，很想喝冰冻好的碳酸饮料，咕咚咕咚喝完一罐的那种渴。

于是拔脚就下楼，去超市买饮料，桌上一大瓶矿泉水看也不看。

超市旁边的精品菜馆，在这个点儿还没有打烊，有一个女孩坐在台阶上打着电话，不知道是醉了还是怎样，就叹息似的对电话说："没关系，总有一天，我会努力放下的。"

等我买好饮料出来，在门口咕咚咕咚喝起来的时候，女孩已经离开了。

其实我买了很多罐冰冻饮料，原本想跟她一起坐在台阶上，递给她一罐。

放下对很多人来说，是艰难的事。但放下到底是什么样子，他们说的都不太一样。

有的说，可能是某一天，起床阳光明媚，心中一摊水迹样的往事，蒸发得无影无踪。放下是懒得追忆。

有的说，大概是跟旧人在街角相逢，笑一笑过去，心中只想着快点去菜场，赶在关门前买一把菠菜。放下是波澜不惊。

有的说，能够再出发，遇见公路尽头在阳光下挂出一道彩虹，想分享的人换了一个。放下是一种崭新的生活。

他们在痛苦中憧憬着那样的一刻，憧憬着萦绕每一个夜晚的悲伤能突然消失，放下以后，生机勃勃，就不会再难过。

为了能达到这个阶段，我见到很多人非常地努力。就像这个台阶上打着电话的女孩，说不定，她回去后就删除了对方的联系方式，逃避着一切能提醒记忆的地点。

我认识一个朋友，为了能达到心中的放下，吃了三个月的素，发现馒头会让人发胖，随后又长途跋涉，去山区支教。

　　他有时到镇上网吧给我发消息，告诉我他去的那个小学教室屋檐塌了，每到雨天就会淋湿半张讲台。也告诉我，他学生家的羊羔产崽，他买了一只准备悉心喂养。

　　半年过去，他问我，为什么放下这么难？他放羊到雪后的山崖，突然还是会大哭一场。

　　当时我没办法回答这个问题，因为身边能做到传说中放下的人，当初就没有投入得很深。但是刚刚我拿着饮料出来的时候，已经有了个答案可以回复给当初的朋友。

　　不是放下太难，是把放下定义得太难。

　　太多人认为的深爱，是把曾经那个人放在高高山巅，凌驾于生活其他之上，太多人以为的放下，是将那个人深埋进山脚，这辈子不用再去看一眼。

　　实际上，只要将对方的位置撤一撤，当这个人不是最重要的时候，已经算是放下了。

　　放下，本来和放低是一个意思，那个朋友曾经生活以恋人为中心，而在遥远的山那头，他选择的生活已经和对方没有关系，不再为对方考虑。恋人自动下山，往回走一步走两步都没有关系，她已经不站在最高的位置了。

当你渴的时候，也知道矿泉水就在手边能够到的位置，但你还是出门，去买冰的饮料。

你还是会喝矿泉水，但它不是唯一的必需的选择，如果把这个定义为放下，那么我的朋友也好，坐在台阶上的女孩也好，你们不需要那么辛苦的。

放下，是从分开后，就已经在进行的事。（张嘉佳）

如果你知道自己要去哪里，
那么全世界都会为你让路

致女孩

亲爱的姑娘，在追梦的路上你明白了，可以付出是件多么幸福的事情。

当你的情绪处于低潮时，对任何事情都提不起兴趣，要学会转移注意力。

有些事情既然已经成为事实，就尝试着去接受，去面对。

你不可能改变世界，世界也不会因你而改变，你所能做的，就是适应世界，

不要钻牛角尖，不要和别人攀比。你该有你的生活，该有你自己的精彩。

亲爱的姑娘，你累了吗？

看着周围朋友陆续结婚生子，安居乐业，而你却依旧只身在外不分昼夜地奋斗着，只为了心中那盏隐隐发光的梦想，你用尽全力去追寻，可它怎么总是与你隔岸相望。

亲爱的姑娘，你孤单吗？

匆匆地奔走在偌大的城市，每一个人都脚步匆匆，回到出租屋内，看着不大的房间，一张床一个书桌，一个被大雨淋湿的自己，而那一刻没有人再为你递上一杯热茶，在你受伤的时候也没有人给你那

么温暖的怀抱，那一刻"家"突然冷清得很，你开始怀疑当初选择留下的原因。

亲爱的姑娘，你迷茫吗？

站在陌生又熟悉的街头，你开始为下半年的房租着急，多么希望有个人可以告诉你，下一步该往哪儿走。

亲爱的姑娘，你想念曾经的那个他吗？

分别场景似乎就在昨天，你依旧记得他拉着你的手渐渐松开，眼中含着泪水，心里全是不舍，可你只是狠心地转身离去，因为你知道多一刻的停留，你的坚定就多被瓦解一分。

当初的你意志坚定，自信满满地背起行囊不顾一切地选择远行，你心中的梦想是支撑你前行的力量，可是翻翻现在，一切似乎与梦想背道而驰。

看着不明朗的将来，你抬起的脚步久久不能放下，心里反复地问着自己，"这一切，值得吗"？

亲爱的姑娘，请告诉自己，这一切，值得！你看，不正是这般看似不清晰的未知，教会你如何成为一个勇敢担当的人吗？

青春的日子里，你从青涩少年渐渐走向成熟，从起初遇到困难寻求保护到现在可以独自为家人撑起一片天，所有成长中蜕变的痛，你选择了留给自己。

只身在外的摸爬滚打，经历的艰辛困苦使你无数次想拿起电话告诉家人你的委屈，可你总是在最后一刻换成一句"嘿嘿，我没事，挺好的"。

曾经那么多的人告诉你这个不可能、那个不可以，你不再去争辩，只是默默前行，用近乎固执的坚持把那些不可能变成了可能。面对家人的顾虑，你不再逃避，冷静地坐下来与父母沟通，用自己的努力换来父母的安心。

面对爱情的离去，你不再沉迷于痛苦，太多的现实让你学会了接受和放手，你懂得了有爱情不一定有结果。

世界上那么多人，曾经壮志豪言要一拼到底，曾经也准备好远行的背包说着时刻出发，可在人生的十字口，看着后方的温暖和安逸，前方的未知与艰辛，又有多少人徘徊了，他们找到了看似不可抵抗的无奈与悲壮，亦步亦趋地选择了原路返回。

梦想也曾在他的心中深深扎根，不知道当他将梦想连根拔起的时候，有没有那么一点不舍？

人的青春只此一次，这里有太多的美丽的诱惑，亲爱的姑娘，你是否也曾迷失其中？

每个人都有权利去定义自己的生活，有人喜欢安逸，有人喜欢探险，有人喜欢继续维持现状，有人喜欢不断挑战自我。

记得有人曾做过这样的假设，如果你可以活到一百岁，也就是三万六千五百天，看着时间如沙漏般从指尖轻轻溜走，你将怎样度过你的人生？

你看，所有人都着急地忙着做出选择。有的人选择了父母为自己规划好的路，也有人选择了自己开辟一条新路。

在该拼搏的日子里，有人一步不差地走着算着，有人咬紧牙关地坚持着努力着。亲爱的姑娘，你会做出怎样的选择？

为梦想奋斗的姑娘是孤独的，读懂她的人太少了，越来越多的追梦人在看似冷酷的现实面前选择了妥协。

人们对某些不可预知的未来行为或事件所抱有的信念和期望，能够很大程度影响甚至改变预期的结果。

我们总是很容易受到周围人的影响，有些人也总是很善于评价其他人或事物，当你最初接触某个事物或者决心做某件事情的时候，总

会一下子涌出很多人对你的决定指手画脚，而这一刻，你是否会坚持内心最初的信念和期望呢？

记得萧伯纳曾写过一部音乐剧《窈窕淑女》，剧中那位街头流浪的女孩经过她的老师尽心调教，终于成为了一位言谈优雅的淑女。那一刻，所有的质疑只能在风中凋零。

亲爱的，有时候你需要一个人去体验成长的苦与乐，有些故事只有自己真正经历了才可能出现你期待的结局。

面对外界的质疑，你可否一笑而过，继续为梦想而奔跑呢？你是否期待有那么一天，可以用自己丰满的羽翼来保护家人、拥抱朋友呢？亲爱的姑娘，在追梦的路上你明白了，可以付出是件多么幸福的事情。

亲爱的，给自己一个拥抱吧，为了你所有的努力与付出，为了你对梦想的那份执着与坚定。

给自己一个微笑吧，在为梦想拼搏的路上给自己一份肯定和鼓励，学会一个人生活，学会给自己前进的力量。

亲爱的，请对自己说一声感谢吧，感谢自己在孤独中勇敢地坚守，相信每个为梦想拼搏的人，终会得到命运的馈赠。（小五）

我那么努力，
是为了让你遇见更好的我

致女孩 ●

姑娘，不如就利用孤单一人的时间使自己变得更优秀，
给未来的人一个惊喜，也好给自己一个交代。

　　春日午后的阳光很明媚，让人忍不住想起青春、奋斗，能够沐浴
在这般春日下，付出努力和汗水也会备感值得。

　　于是庆幸自己还能坐在校园一角，体会这种感觉。

　　可是这个社会太浮躁和功利，奋斗和成功已经被镀上一层浓重的
目的性，每个人都努力找寻捷径，登上梦想中的高度。

　　于是想起那句很喜欢很浪漫又鼓舞人心的话：我那么努力，是为
了在更高的层次遇见你。

　　多么令人心动的话语。

　　"可是等你走到了那个高度，那个你等的他，选择的不是你。那个你等的他，已牵起其他姑娘的手，不再等你。他身旁的她，青春无敌，笑靥如花，却不是你。"

　　是不是，这才是最赤裸裸的现实。

　　认识一个这样的女生。没有过目不忘的容貌却有自己特别的味道；不是与生俱来的天赋却看得到她一直以来的努力，努力学习，努力生活，在我眼中优秀着，给我感觉一直忙碌充实，有自己的小情趣小爱好，看得到她一点点带有青春特有稚气的成熟。

　　我喜欢这样的姑娘。

　　有时候看到她新的状态，也会暗自心想，这样的姑娘，要一个怎样优秀的男子来牵她的手陪她走下去。

　　有时候也能看到她流露出一个人孤单的情绪，很想给她鼓励，却又话语止于喉咙。

　　问过一些男生，优秀的男生。发现其实在任何一个层次，男人对异性的要求仍然呈现正态分布？大都还是要求，温柔，善良，体贴，美丽……这些可以有先后，唯一一样的是不能太过要强。

　　一直总以为气场强大的男人，会喜欢同样旗鼓相当的女人。

于是联想到前些日子朋友抱怨的那段话：女人读到硕士，而且还是一个工科硕士，越读越觉得自己独立，搞得自己气场越来越强。

既然男人不喜欢女人过于强势，因为这是男人雄性荷尔蒙作用下强大的自尊心作祟，那反过来，女人要求男人比自己更强势也就合情合理了。

于是回到那个原点的问题。我那么努力，可我喜欢的那个你，却牵了别人的手。而恰恰最为讽刺的原因，是你不需要你身旁的那个她这么努力，这么强势，这么优秀。

这算不算一个悖论？一个永远没有正确答案的问题？

不努力，我无法到达你那一层，也就无法遇见你，出现在你的世界里；努力走到了那个层次，见到了你，却又因为你所谓的不喜强势，女子无才便是德，注定走不进你心里。

可是难道仅仅因为你的喜好，而去配合，做一个你喜欢的，简单的，不需要过于优秀的，因而不会太强势的，不会拥有强大气场的女子，原地等待，等待你去发现？

那样的话，我就不会是我，而那样的你，也不会是我努力为之想遇见的你，right?

所以，这个没有正解的问题，终究只会有一个答案，就是，我还是会为了遇见心目中的那个你，而努力。

为了在更高的层次，遇见你，为了让你见到更好的我哪怕只是昙花一现，哪怕只是一瞬的擦肩。

写到这里，心底徒生出一丝悲哀。

这个速食年代，有多少人，愿意把爱情交给时间，去等待，等待时间褪去铅华和激情，现出最真实的彼此，回归最纯净的感情。

姑娘，不管心里的他会不会在那个高度等你，你还是要努力，不是为了配合他的高度，而是因为那也是你自己的高度。　（倪妍 Jane）

别 为 了 那 些 不 属 于 你 的 观 众，
去 演 绎 不 擅 长 的 人 生

致女孩 ✎

世界上有很多东西是无法挽回的，
比如岁月，比如日梦，比如对一个人的感觉。
但世界上有很多东西是可以挽回的，
比如良知，比如体重，比如最初的自己。

　　有个来找我做心理咨询的女孩，她很漂亮，但她非常恐惧自己年龄的增长。

　　她问我："如果我老了，还会有人爱我吗？我还能吸引别人吗？"她似乎认为，自己的价值完全体现在容貌上，这样想的她，怎么会不害怕时光的流逝呢？

　　我想起前两年微博上很火的一组照片，一位纽约的摄影师专门街拍穿着打扮很有品位的老妇人，把她们的照片上传到网络上，那是一组相当美艳的照片，老太太们穿着精致，打扮优雅，帽子、围巾、墨

镜、首饰等配饰被她们拿来恰如其分地扮靓。年龄最大的老太太 100
岁，接下来是 90 岁、71 岁、69 岁……很多女人看到这组照片，都希
望自己老了以后也能如此美丽。

有的女人有更大的心愿，她们希望自己不会害怕岁月流逝，能如
此优雅从容地老去。

这组照片让我看到：美丽与否跟年龄无关，重要的是一种态度。
这种态度里包含着爱：爱生活，爱自己，爱一切美好的事物。

你觉得自己什么时候最美？有的人说，当我恋爱的时候；有的人
说，当我在职场中打败竞争对手，拿下一个项目的时候；有的人说，
当我一边看自己喜欢的书，一边敷面膜的时候；有的人说，当我穿着
运动服，完成十公里慢跑的时候；有的人说，当我自信地跳着肚皮舞
的时候；有的人说，当我得到别人赞美的时候；有的人说，当我给别
人带来快乐的时候；还有的人说，当我打扮精致，一个人在街上闲逛
的时候，我感觉自己最美……

每个人的答案都不同，这正印证了那句话：参差多态乃幸福本
源。

在我看来，这些朋友说的美丽时刻，大多是爱自己、悦纳自己的

时刻。

我有个女老师，快 60 岁了，脸上有不少皱纹，穿着打扮却精致优雅。

她化着淡妆，穿着合身的连衣裙，时髦又妖媚，就像那组美艳照片中的老太太。她在近 40 岁的时候大胆转行，开始学习心理咨询的知识和技能，只是因为自己喜欢这个行业。

每次看到她，我都会被她感染，被她身上那种热爱生活、悦纳自己的态度打动，她常常让围绕在她身边的人充满愉悦感。

当然，爱自己、悦纳自己不单单是让自己的外表美起来，更重要的是一种内心的自我取悦、自我接纳。

费尔巴哈曾经说过："你的第一个责任，就是让自己幸福。"我的理解是，爱自己首先要做的是为自己人生的幸福负起责任来。只有愿意为自己的幸福快乐负责，你才能真的幸福快乐起来。

当你自己幸福快乐时，你才有能力让别人也幸福快乐。

当你真的让自己过得开心之后就会发现，你的亲人和家庭，你周围的世界，并没有因为你的"自私"而变得糟糕。相反，正因为你活

好了自己，他们也分享了你的快乐、幸福和成功，你所能给予家人和这个世界的，反而会更多。

悦纳自己的女人，拥有自我肯定、自我欣赏的能力，还可以快乐地接受别人的给予。

当别人赞美你的时候，你能大方地说谢谢，而不会怀疑别人在说假话；当别人对你表达好意的时候，你能真诚地领受，而不会感到别扭、尴尬或拒绝别人的好意；当朋友、恋人送你礼物的时候，你会感觉愉快，并报以感谢，而不会觉得有负担或亏欠……你真心享受他人的赞美和欣赏，并认为自己值得拥有这些美好，这也是悦纳自己。

英国才子王尔德曾经说过："爱自己，是一场终生恋情的开始。"女人要和自己谈一场终生的恋爱。

只有爱自己、悦纳自己，你才能使自己获得更多的快乐，拥有越来越多的感觉自己很美的时刻；也只有爱自己、悦纳自己，你才能让身边的人跟着你一起快乐。

记得知名服装设计师张天爱在接受记者采访时说："我依然保持着二十岁的好奇和三十岁的干练，同时又有四十岁的成熟和五十岁的端庄。所以，现在就是最好的年龄。我希望有越来越多的女性不再那么惧怕衰老，因为现在的你就很美。"

　　女人在每个年龄段都有自己的美与精彩，当你能爱自己、悦纳自己，能从容面对时光流逝的时候，你就拥有了最好的年龄、最美的时刻。（佚名）

|第五辑|

时间不能改变你的故事内容，
却可以改变你的叙述方式

你不能因为恐惧，就拒绝去发现这个世界的美好，只要你有足够的勇气、智慧，懂得保护自己，就能尽可能的避免这种不幸的发生。足够真诚和勇敢的人，可以驱赶内心对死亡的恐惧，只要你对这个世界的爱够纯粹。

现在无法触碰的难过，终将可以当作笑话去讲。时间不能改变你的故事内容，却可以改变你的叙述方式。

你 不 必 逞 强 ， 时 间 会 为 你 疗 伤

致女孩 ●

每个年龄，都有每个年龄相匹配的烦恼，
它都会在那个年纪的地方，安静地等着你，从不缺席。
对于那时的挫折和痛楚，你要学会的是接受和坦然面对，
去承认自己的脆弱，接受自己的不堪，
你要敞开心扉地容纳它们，告诉自己，它们都是你生命里的一部分。

半个月前一个读者给我留言，一个大一的女孩，和她的初恋在一起三年多，现在那个男孩告诉她他心里有了别人，她说现在的自己很痛苦。

她问我，"我想知道怎样才能快点好起来"，我在脑海里想了很多方法，可后来还是告诉她，"不要逞强，痛就痛，苦就苦，去继续自己的生活"。

也许她会觉得这个回答有些敷衍，可其实这就是最快的恢复方式。

　　但很多时候，人只有先狠狠地脆弱一次，才会懂得该如何坚强。

　　从在网上写文章，便陆续收到过很多朋友的留言和私信，成长的挫折，爱情的伤痛，未来的困惑，生活的痛楚，面对每一个人的留言，我都想去尽力帮助，因为他们让我回想这些年自己和身边朋友的成长。

　　倘若是两年前，我一定愿娓娓道来每一种不同苦痛的解救方式，可是如今，我只会说一句：你一定会好起来，剩下的，就全部交给时间吧。

　　每一个受过伤，想要尽快忘怀、告诉自己要立即坚强起来的朋友，每一个曾深陷痛楚，固执地想要马上挣脱的朋友，每一个总想要逞强的朋友。

　　我知道，深陷痛楚，你一定会不停地告诉自己要坚强，要原地满血复活，要忘记所有过去，你恨不得一觉醒来便重新笑颜如花，朝气满满。

　　可我想告诉你的是，有时候，那是偏执的坚强，那是固执的倔强。你会因为太急于恢复，再一次伤害到自己。

一个学姐，曾谈过一次三年的恋爱，最后无疾而终。

有一段时间她脆弱不堪，每天失魂落魄，后来她为了掩盖自己的脆弱，彰显自己的坚强，开始不停地更换男友，展开新的恋情。她那时觉得只有这样才能让自己不断地活在新的生活中以忘掉过去的回忆，只有这样才能让自己尽快摆脱那些痛楚。

可后来她告诉我，那段时光才是最痛苦的，她表面逞强的假装已忘掉，可其实是在加深回忆和悔恨，伤害别人的感情内心愧疚的同时也在给自己的伤口上撒盐，这是自我的折磨。

后来她开始释怀，回忆便回忆，过不去就让它过不去，每天努力工作，关心家人朋友，对感情顺其自然，放下了过往的一切悔恨和不解。现在她结婚了，生活得很幸福，一点也看不出来像是有过这些经历的人。

有些时候，人越想逞强，痛楚越会将你拽入更深的漩涡，越想忘记，回忆越会来得汹涌。越是想要马上渡过，越会将痛苦拉长。

就像深陷泥潭，越是挣扎摆脱，越会陷入更深的泥泞，最后无法自拔。

　　一个好友，高考时英语卷涂错考号，本能轻松进入重点大学，却只好回到学校重读一年，自责与悔恨如影随形。

　　起初他每晚都在懊悔的灰暗中度过，每天都在想如何尽快脱离悔恨的阴影，甚至晚上要看一部励志的电影后才能入睡，可他却过得越来越痛苦，悔恨与自责与日俱增。

　　越想摆脱，越是不经意地把痛苦放大，越是想要快点坚强起来，越是在潜意识中告诉自己受到的挫折有多么难以释怀。

　　后来因为励志的电影几乎都已看遍，他不再熬夜看电影了，每晚按时上床睡觉。可之后的他，在没有励志电影，没有快点坚强起来的自我督促下，越来越释然，越来越积极。

　　自顾自地逞强，有时只会让一个人前方的路越走越窄，如同遇到鬼打墙般陷入自己铸就的围城再也走不出来，直到把自己锁死。

　　回想自己成长的那些经历，那些曾持续数年每晚刻骨的痛苦、切肤的折磨，后来都能轻描淡写地笑着说出来，当一个人发现，那些曾经让你最难过的事，终于有一天可以笑着说出来时，也便真的明白了成长的意义。

　　再不怨天，只是感谢，因为它们都是独属于自己成长道路上收获的宝藏。

每个人在每个年龄段都有不堪承受的痛楚，不是因为你的懦弱，不是因为你不够坚强，只是因为你处于那个年龄段。

对于那时的挫折和痛楚，你要学会的是接受和坦然面对，承认自己的脆弱，接受自己的不堪，你要敞开心扉容纳它们，告诉自己，它们都是你生命里的一部分。

后来的我，遇到任何无法抵挡的挫折时，都会告诉自己，想哭就哭，想醉就醉，你不须逼着自己坚强到无人能敌。而结果便是，我比以往都恢复得更快，平静而坦然，没有任何强求，好起来，便是真的好起来了。

很多问题，当时是找不到答案的，可只要过了一段时间，答案自然会出现。时间，可以解决很多问题，没有什么事情是时间所不能解决的。有些问题，既然当时不知答案，便不必苦苦追求，终究会有答案浮现在你的脑海里。一个偏要提前出现的答案，不过是人的执念，只会徒增你的伤痛和迷茫。

有些伤疤，注定需要时间来治疗，你想要马上修复它们，可其实是在揭开伤疤加深伤口。

就像小时候我们磕磕绊绊，摔过很多跤，身上留下很多伤疤，那

时因为好奇和调皮，总是经常摸摸结疤的伤口，心里懊恼为何还没好，可是越去碰触察看恢复得越慢。每次父母总是告诫不要去碰伤口，别管它，自己会好起来的，后来也就这样不知不觉地好起来了。

人的伤口无论再深再痛，总有一天会自我修复。而人的情感，爱、憎、恨、悔，其实也是有期限的，为一个人受苦，苦到某种程度，自然会醒悟，不再为他蹉跎岁月。

思念一个人，当思念到某种程度，却换来长久的落空，也会欣然告别。

只要过了那段时间，一切都会恢复平常，过了那个期限，一切都会化作似水流年。

无论多么深刻的痛楚，痛到一定程度，也会阴霾散开，看到阳光。而需要你做的，只是安静地度过那段时光。

每个人都会经历一些措手不及又让人无可奈何的痛楚，太多的经历我们都不可能一觉之后便从容面对，上天为我们安排这些磨难与挫折并不是想考验我们能否一笑而过原地复活，这些磨难的安排其实是让你学会承受痛楚，学会在困境中安然地成长，学会在逆风中继续前行，需要你做的只是走过去，既不丢盔弃甲又不强颜欢笑地一步步安然地走过去。

　　每一个懂事淡定的现在，都有一个很傻很天真的过去，每一个温暖而淡然的如今，都有一个悲伤而不安的曾经。很多的委屈从说不得，变成了不必说。

　　你曾以为有些事，不说是个结，揭开是块疤，可当多年后你揭开疤，也许会发现那里早已开出一朵花。

　　那些曾经能让你受伤的地方后来一定会变成你最强壮的地方。那些曾经让你最难过的事终有一天你会笑着说出来，成长的意义其实是要告诉你，一切你认为过不去的坎最终都会过去，一切你认为好不了的伤口最后一定都会好起来。

　　亲爱的，你不必逞强，时间一定会为你疗伤。

　　我们都一样，经历着别人所不能代替的成长。有些伤痛只能自己默默扛着，但有一天，终会明白这一切存在的意义，会笑着感激曾经的苦痛与伤害。别人没有体验过你的辛酸苦楚，也便收获不了你的快乐和幸福，你只需去安然地承受和忍耐，终会收获属于自己的那份美好。

　　后来的我时常觉得人不属于动物，人的生命更像是季节。春夏秋冬，寒冷的冬天总会突然来到，让人猝不及防，可春天也一定会如期而至。

你明白吗？暖阳与和风、绿树和鸟鸣、花香与燕舞的春天一定会到来。

去坦然地承受寒冬，去安静地等待暖春。（陈亚豪）

时间不能改变你的故事内容，
但可以改变你的叙述方式

致女孩 ●
奋斗是一切并非天生公主的女孩成为女王唯一的方式。
奋斗是一切自由幻觉中最接近现实的一种。
更重要的是，它帮助你学会怎样爱自己，
然后才能好好地爱这个世界，爱别人，以及被爱。

作为一个二十八岁的女孩，没有稳定的职业，没有家庭，很多时候会受到周围一些人奇怪的眼神。我想大家都能体会，女孩子一大，别人就会说你应该结婚，你应该有稳定的职业，应该要在家相夫教子云云。当然这一切本身并没有错。

是不是每个女孩天生就是为了嫁个好男人，相夫教子才来到这个世界上的，是不是如果我们不这样做，就十恶不赦，大逆不道？

曾经因为毅然决然地离开家乡而和父母吵得不可开交。那个时候

我觉得作为一个女孩，想要过自己的生活为什么那么难，想要争取一下自己的梦想就被人指责。

那时候我真的感到很绝望，我只是去追寻自己的心，为什么就那么不可以被接受，甚至被排挤，指责。我做错什么了？

在外第一年的时间，我在世界的不同角落，体会不同的生活，遇到了那么多的人，经历了那么多的事情，我终于更肯定地告诉自己，自己的选择没错。

这是我想要的生活方式，我只是想要我的自由，不愿意做世俗眼光下的牺牲品，我没错。

后来，我给父母发过一条信息，告诉他们，他们的女儿有自己的理想，告诉他们什么才是人生的真实的快乐，告诉他们我很安全，告诉他们这个世界有多精彩。

慢慢的，父母开始理解我，原谅我，甚至开始有些替我自豪。

究竟什么样的人生才有价值，我想了很多年，大概就是一生实现一个梦想就足够了。

即使明天真是世界末日，我也会微笑地迎接最后一眼的太阳，并且毫无遗憾地微笑着死去。

　　我觉得所有的女孩，不是婚姻的牺牲品，即使没有爱情，我们一样可以活得非常好。

　　爱情是美好的，如果不够纯粹的时候，那它也就失去了它的价值。

　　在路上不是目的，在路上，只是一个人生的起点，就像卢梭说的，"不是爱情，不是金钱，不是名誉，不是公平，请给我真理"。

　　·我们应该有勇气去面对真实的内心，即使前面荆棘满地，也要坚定地走下去。为了不浪费你的这一辈子。

　　很多人问我？你一个人在路上不害怕吗？对于这个问题我也曾经害怕过，我怎么不害怕？但是你不能因为这些恐惧，就拒绝去发现这个美好世界，只要你有足够的勇气，智慧，懂得保护自己，就能尽可能地避免这种不幸的发生。足够真诚和勇敢的人，可以驱赶内心对死亡的恐惧，只要你对这个世界的爱够纯粹。

　　可能有些情感，无法用语言表达得那么清楚，我想说的是，亲爱的女孩们，我们应该为梦想而坚强独立地活着。

　　这个世界比我们想象的美好，值得我们为之去奋斗。只要你做出一点点，这个世界真的就会改变一点点。（Manon）

总 有 一 次 深 夜 痛 哭 ， 让 你 瞬 间 长 大

致女孩

在情绪来袭的时候，你当然可以感觉悲伤、无助，
也可以流泪哭泣，可是在那个当下，
不再让自己只是一味地沉浸在强烈的情绪里，
而是让一部分自己抽离，好好看清楚自己为了什么事情如此忧伤。

一部讲述魔术的电影《出神入化》中，有句台词说道："靠近一点儿，你靠得越近，越看不清楚真相。"

当你越专注在某个细节上，你就越看不清楚全貌，只能被魔术师的手法牵着鼻子走。然而，不只是魔术，你的心事也是如此。

只不过，你的心事本身就是一个手法高明的魔术师，它布下满是悲伤、愤怒、绝望气息的天罗地网，你深陷其中，浸泡在种种晦暗的情绪里，痛苦难耐。

每一次号啕大哭的冲动，每一次感觉心中有只困兽来回冲撞，在热闹喧嚣的聚会里突然感到一阵落寞，面对未知明天不知怎么就没了继续下去的勇气……这些没来由的情绪，都是心事的障眼法，宛如飘满彩带的烟幕弹，让你看不见痛苦的缘由。

而你越是想探见事件的核心，免不了就会越靠近它，但是这样做只会令自己置身在迷雾中，眼前所见只是一片无尽的黑暗，却不明白造成黑暗的原因是什么。

当你处于某种情绪里久了，你就越无法觉察自己深陷在某种情绪之中，即使悲伤、绝望、愤怒、恐惧，那竟然会形成你的生活风格，而你却浑然不知，只是隐隐约约地感受到，自己并不快乐。

因为你总是将自己的鼻尖贴在心事上，所以感觉全世界都被你过不去的心情所笼罩，但是如果能够以远观的姿态来看心事，也许你会发现那其实是一则启示。

我有一名女性朋友A，曾经因为失恋和工作不顺，种种不如意一起袭来而暴瘦十公斤。她那阵子情绪非常不稳，常常吃饭吃到一半突然痛哭，或者早起刷牙时对着镜子流泪。

某次的聚会里，A又突然失控哭了起来，好不容易平静下来之后，在场的一位长辈说："你要不要试着用好像'灵魂出窍'的方

式，看看这么悲伤的自己，看看自己到底在做什么?"

乍听之下很抽象，但实际上，就是用另一个角度看待自己的心事。

尤其是女孩子，在情绪来袭的时候，当然可以感觉悲伤、无助，也可以流泪哭泣，可是在那个当下，不再让自己只是一味地沉浸在强烈的情绪里，而是让一部分自己抽离，好好看清楚自己有多么忧伤，看清楚自己为了什么事情如此忧伤。

简单来说，你要成为一个"第三者"，学着"旁观"自己的痛苦。

所谓的"第三者"，就像你出窍的灵魂，与那个正痛到泪流满面的你拉开一段距离，站在远一点儿的地方看着你，以及那件你始终无法释怀的事情。

或许你也曾为了被心爱的人抛弃而沮丧泪流，因为工作不被认可而失落懊恼，但是当你试着让另一个自己以客观的角度看待你与整件事情时，你会发现，那个人并不值得你留恋，过去好几次你也想提分手，但终究因为害怕寂寞而选择不说。

当对方主动背弃这段感情时，你除了伤心，其实也隐隐约约有松了一口气的感觉。至于工作，只要不放弃，你还可以更努力一点，还可以做得更好一点。

　　只不过那如释重负的感觉,早已被悲伤的情绪淹没,你只着眼于被抛弃的伤感,却忘记去看,擦干眼泪,这都是一个新的开始。

　　当你拨开那一层层迷雾,便会发现每一个事件的发生,对你来说都是一个生命的启示。

　　然而,想要识破心事的障眼法,就必须从另一个角度旁观它。那个旁观的眼神,并不是冷眼看着一切,而是带着理解与宽容的温柔。

　　不是为了责怪自己,也不是为了强迫自己立刻丢掉所有情绪,而是为了更了解你心中伤痛的症结究竟是什么。

　　也许心事真的是这世界上最高明的魔术师,它很可能瞒你骗你一辈子,让你终其一生都活在不明所以的困顿中。

　　即使如此,世界上唯一能破解它的人也只有你,一旦你破解之后,隐藏在其中的寓意也将是你不可多得的生命经验。　(陈默安)

所有曾让你肝肠寸断的难过，
总有一天你都会笑着说出来

致女孩

无论你遇上了什么样的挫折，什么样的伤悲，都千万不要怕。

没错，你最爱的人会走，付出心力的事业会垮。

许多事情和人，你越重视，就越会给你狠狠一刀。

但是，不要怕。人生就是一次次的新陈代谢。

旧的人离开你，便会有新的人保护你。

有时候离别，就是一场重生。

在这个世界上，有许多没来由的伤害乘虚而入，因为太痛，所以你不忘，也不敢忘，旧伤疤没有愈合的一天，那上面叠满了你亲自留下的新鲜伤口，而你竟然在那强烈的痛楚中，才深刻地感觉到自己真实地存在。

总是有很多人安慰你："没有什么事情是过不去的。"的确，所有的事情都会过去，过不去的，是你被撕扯得千丝万缕的心情。

很多事情过去了，但你仍然不明白，仍然想扭转情节，仍然想改写结局，更多时候，你只是想记得，不想忘记。

每天上班吃饭搭公交车买快餐回家看电视上床睡觉，像一具游魂，忠贞是一种习惯，信任是一种习惯，生活也是一种习惯，习惯到最后就麻木了，所有的一切理所当然，理所当然到有点儿乏味。

一种深沉的悲哀如同冬夜里静静落下的雪，层层覆盖在你的心上，不知道那悲哀从何而来，也不知道悲哀的颜色，你只能感到自己好像一个透明的幽灵，渺小地、没有重量地存在着。

直到有一天，你对某人的高度信任碎裂瓦解，或是他如同扑熄火苗般无情地将你的希望全数毁灭，那一瞬间天崩地裂，你痛到几乎魂飞魄散。

没有人喜欢深陷在痛楚中，却有很多人难以拒绝痛楚的诱惑。

因为痛楚让你感觉到自己真正地存在，痛楚是一种刺激，激发出你心底最深层的憎恨与悲伤，你像是要毁天灭地那样地哭、那样地愤怒，过去你竟然从未这么深刻地存在过，整个世界仿佛绕着你癫狂的情绪打转，整个世界只有你。

有人曾问智者，为什么很难原谅别人？很难放下过去的伤害？

智者曰："它们是你拥有的全部，你不断拨弄着你的旧伤，以便它们在你的记忆中保持新鲜，你从不想让它们被疗愈。"

你相信吗？疼痛是会上瘾的。

从它在你的眉心劈下那一刀之后，转身离去之前，你自己已经将那把利刃捡起，架在心上。

那些母亲遗弃的孩子，选择不停回想母亲临走时无视自己的哀求，坚决转身的那刻；看到男友一边抽烟一边满不在乎地说"其实我本来就没爱过你"的女孩，则疯狂地在脑海重播那句足以剜破心肝的话语。

在恍惚的梦境里，在日常生活里，你不断重返被伤害的时刻，如同反复播放一卷录像带，从那千百次调阅的影像中，想找出一点点蛛丝马迹，是否在伤害发生之前已然有所征兆，或者还有一丝挽回的机会。

可是一切都来不及了。

信任犹如粉尘被风吹散，自尊像是地面上的积水，太阳一照便蒸发无踪，破碎的爱与信仰只是过去遗留的回音。

到那时候，你突然发现，那片刻生命崩塌的记忆，竟然成为你唯一能够保留下来的物事。

原来只要不停重回那一刻，就没有来不及的问题。

于是你立起招魂幡，一次又一次召唤往事，任凭不堪的记忆穿透灵魂，在那强烈的痛楚中，你心中的记忆一次比一次鲜明。

哲学家尼采曾说："只有不断引起疼痛的东西，才不会忘记。疼痛是本能，是维持记忆力最强有力的手段。"

你自残千百次，只为了记住他伤你的那一次。

或许是，你心知自己禁不起第二次的大意引来的悔恨，禁不起第二次被深深信任的人伤害。为免重蹈覆辙，你逼自己不能忘怀曾经像无助的青蛙，仰躺在桌上让解剖刀将你开肠破肚。

渐渐地，你不愿再向外界伸出手，生怕又有人会在上面划下见骨的一刀，你躲在过去的受伤记忆里，有一种奇异的安全感。

你已经复习过千百次的那个画面，脚下的柏油路旁有青草长出，远处天空有一片乌云飘来，还没点亮的路灯垂着头看你……被伤害的当下如同 4D 电影，你比谁都清楚每一个细节，比谁都明白下一步即将发生什么事。

一切都在你的预想之内。包括再一次重返现场的痛楚。

可是对你来说，这远比再被突如其来的伤害重击一次来得好。

　　到最后，你根本搞不清楚，为什么那个人当年划下的那一刀，过了五年、十年，甚至二十年后，还是汩汩地流着血，等不到愈合的那一天。

　　印度佛学大师寂天菩萨说："我们就像不明事理的小孩，在寻求痛苦的缘由时，却临阵退缩。"

　　事实上，有许多伤害本来就是一次性的，可是因为有了你的允许、你的执念，它才能像把锯子，不断地在你心上拉扯，而紧紧抓着那把锯子不放的人，其实是你自己。（陈默安）

看 似 生 活 对 你 的 刁 难 ， 其 实 都 是 祝 愿

致女孩
当你独自在黑暗中行走，
没有人帮忙，没有人关怀，没有人陪伴的荒凉里，
你的隐忍，你的积极，
你努力抵抗世界的姿态都会成为他人眼底一抹绚丽的彩虹，
成为他人面临灾难时的一米阳光，
你眼前的生活成了他人心中的风景，这何尝不是人生的另一种丰盈。

不知道是不是傻人有傻福，从我记事起，身边总是能发现一些优秀的小伙伴，时光的镜头几经变化，由近及远，再由远及近。

这些姑娘睿智的行动而散发的闪耀光芒总能戳中我心，影响着我，也温暖了我。

汤丽和沈如都是我很好的朋友，汤丽光芒四射妙语连珠总是让人眼前一亮，眼光不由自主以她为聚焦的中心；沈如温柔体贴，与她相处的舒适感如同心里住进了太阳。

高考之后，我和沈如考到了同一所大学，汤丽则去了遥远的南方。

　　大三那年，我们都在为考研之事做着准备。人总是这样，只要心中有梦想，翻看手中沉闷的书本也能生出披荆斩棘的英雄感。抱团儿的英雄感让人更激动，我们三个人彼此鼓励，相互打气，也笃定念念不忘必有回响。

　　只是，生活是个习惯于随手赠送挫折作为成长交换的小气鬼，所以，并不是每一分努力的背后都有加倍的赏赐。

　　在考研这件事上我笔试未过直接阵亡。

　　汤丽和沈如过了笔试，最终却都与心仪的学校失之交臂。幸运的是，生活没有对我们赶尽杀绝，汤丽选择调剂到了一所不错的学校，沈如则得了在学校保送的机会。但是，沈如的保送是有前提条件的，就是她要从行政管理转到法律专业，沈如想了想，最终还是放弃了。

　　之后，我们被命运开凿成河水，沿着要去的地方各自奔流。汤丽去了广州继续深造，我得到了北京一家公司的 offer，沈如在家乡成了一名大学生村官。

　　怀揣着激情万丈，我们奔赴新的生活。

　　随着岁月的流逝，当初的雄心壮志在现实的残酷中逐渐灰败，我的人生停滞了。

一个人在陌生的城市，在陆续经历了失业，工资被克扣，出租房被房东提前收回这样一系列打击之后，对新生活的水土不服，我开始频频回望过去。

人在低谷的时候，无论你当初选择这条路的时候有多坚定，总会生出选择失误的挫败感；无论你选择了哪一条，另一条好像都是对的。

所以，在很长一段时光里，时间都被我浪费在遗憾和感伤里，我时常在想：如果我再努力一点，是不是就可以像汤丽一样读研，在就业时就能多些选择。如果我能安分一些，是不是就可以与沈如一样轻松愉悦自在。

好在时间有它独有的善良，窘迫的经济逼着我向前跑，我找了新工作，挨过了最初的职场阵痛，在不断的学习和改进中，思维和视野也在不断提高，工作也稳定下来。

时间赠人阅历，一眨眼，我们都已经毕业两年多了。

汤丽在导师的引荐下去了一家研究所实习。

沈如报考了男朋友家乡的省政府办公室，在六千多人里脱颖而出，而且，她终于结束两年的异地恋，要订婚了。

她订婚那天，我和汤丽不远千里飞奔而来。

晚上，久违的三个人兴奋地并排躺在大大的双人床上，月光皎洁，晚风轻盈，我们说说笑笑收不住嘴。后来我们干脆开了瓶红酒盘腿而坐，大概是天亮之后的离别刺痛了神经，汤丽修长的手臂揽过我和沈如，她说："谢谢你们，在我最孤独无助的时候，温暖了我。"

汤丽的声音很轻，语速很慢，这句话却如万里晴空里一道不期而至的闷雷，击得人心头一颤。气氛一扫之前的温馨，伤感蔓延感染了我们每个人。一直无暇诉说的艰辛就此在我们口中倾泻而出，我才发现，原来，那个时候大家的处境都很艰难。

汤丽换了专业，新专业知识对她来说晦涩难懂，很多术语要从零开始学习，她一度绝望到想退学，甚至考虑是否跟我们一样放弃读研去工作。

沈如面临的问题是要不要放弃当时的稳定工作为了感情奔赴外地，在无数个万籁俱寂的深夜，看书疲倦了的她常常躲在床上抱着双臂失声痛哭。

而远在北京的我成了她们身在黑暗的一丝光亮，以积极的生活姿态带给她们坚持的动力，学会在该珍惜的时候坚定不移。

　　一个人深陷在低谷的时候，以为别人奔赴的都是光明，殊不知这只是我们自己对现实心怀偏见。

　　你身处黑暗的时候想要寻找光亮，却也是别人可以仰仗的希望；你羡慕别人的才情却也是别人的羡慕对象；你仰望别人的高度，却也是站在别人仰望的高度。

　　所以，姑娘，这个世界上没有人值得你羡慕。

　　你不要总觉得自己智商太低，情商不够。心生来就是偏的，生活的本质就是残缺的，没有什么选择是十全十美的，无论你怎么做，如何选，都难免会有遗憾。

　　谁没失败过，谁没伤心过，谁没失恋过，谁没沮丧过，谁没痛哭过，谁的生活里不是接踵而来的大事小事烦琐事，大家被命运碾压的疼痛感是一样的，对生活的无可奈何也是一样的。

　　所幸的是，在我们每一个人独自在黑暗中行走，在没有人帮忙，没有人关怀，没有人陪伴的荒凉里，你的隐忍，你的积极，你努力抵抗世界的姿态都会成为他人眼底一抹绚丽的彩虹，成为他人面临灾难时的一米阳光，你眼前的生活成了他人心中的风景，这何尝不是人生

的另一种丰盈。

　　当然，就算大家选择了同一条路，也绝对不可能走到相同的地方，它取决于你的脚力和速度。

　　我们居住的这个世界，比你有才情的人有很多，比你懂生活的人有很多，比你能吃苦的人有很多，比你会选择的人也很多，可这没有什么值得你羡慕。

　　因为，你比从前的自己，也好了很多啊。

　　有人爱喝心灵鸡汤，你偏爱打心灵鸡血，就这么清醒而不盲目，知足而不满足，姑娘啊，只要是你想去的地方，何愁不能够抵达。

（夏苏末）

弯路里不仅有风景，
可能还有被忽视的近路

致女孩 🎵

你无法决定明天是晴是雨，爱你的人是否还能留在身边，
你此刻的坚持能换来什么，
但你能决定今天有没有准备好雨伞，
有没有好好爱人以及是否足够努力。
永远不要只看见前方路途遥远而忘了自己坚持多久才走到这里。
今天尽力做的，虽然辛苦，但未来发生的，都是礼物。

　　我的人生一度陷入迷茫，不知道何去何从。当我没有选择的时候，又陷入了挫败。

　　关于工作，我不知道该去哪个城市，不知道该从事何种工作，不知道该选择哪种形式。

　　我想去云贵地区当个普通的老师，过着悠闲的生活，接待着四方的来客；我想做个专职的作家，把我见到的每个故事都用文字记录；我想留在北京创业，无悔青春，证明自己；我想工作稳定，积攒点钱；我想老老实实当个心理咨询师，救人于苦海；我想去考个中国哲

学的学位，传播国学；我想去把心理学用到家庭教育，投身于中国
的父母教育；我想做的那么多，可是，我不知道哪条路才是对的……

于是这些年，我做了两件事情：换目标顺带着换工作，纠结下要
不要去做。

我挣扎的时候片刻不停地骂自己：真没用，连条路都选不出来，
做个工作也不能从始而终。

偶然听到旧日同学的消息，从大四开始就进入某单位实习，经过
多年努力俨然已成为小主管，并购房待婚。再看看自己，只能用一无
所有来形容。

关于感情也是如此，好感过几个人，幻想着跟一个人相伴终生会
是怎样，然后又开始纠结，在无数开始与止步前徘徊，最后又都以
"挣扎是不够爱"而终结。

最可怕的原来不是找不到伴侣，而是根本就不确定要不要跟一个
人走到尽头。

于是更加迷茫，孤独，挫败，无助，抑郁。不是感叹生不逢时，
而是赞叹自己无能。

知识可以弥补，经验可以累积，人脉可以搭建，但是路都选不出

来，该是怎样一种自虐。

我想起了我曾经的一个朋友。她结婚，我没去。

这是个曾经无数次向我呐喊迷茫和痛苦的姑娘：在大城市里挣扎，工作不定，感情不定，都频繁更换，人生陷入了低谷。那时候我很惭愧，不知道该怎么帮她。

后来，她折腾够了，路渐渐清晰了。她说到了谷底才明白自己最想要的是什么。她回到了老家，当了一名中学教师，跟曾经的初恋结了婚。

她结婚的时候我没敢去，我怕，我怕我看着她终于在无数迷茫后走出了一条路。

她从老家出来，又回到老家。跟初恋分手，几经轮换恋人，又跟初恋结婚。我不知道她走的这些路是弯路还是直路，是不是绕了一圈回去了，浪费了几年，比同龄的姑娘落后了很多。

但是她一定比那些毕业就结婚生子的同学们要更懂得珍惜，更不会迷茫。因为她有资本说：我见过外面，所以不再向往。

你不能说弯路的风景美，还是直路的风景美。

都说少走了弯路，就错过了风景。你甚至不能说弯路就比直路晚

到达目的地。你怎么知道你选择的直路就不是弯路呢？你又怎么知道现在的弯路其实是更近的路呢？

那个乐了我们无数次的鸡汤故事：当你挖井，到底是按着一个地方挖能挖到水呢，还是挖不到就赶紧换个地方？直到你挖到水，否则你永远都不能判断水到底是更深处还是在别处。即使你挖到了你也不能确定你目前的选择是否就比那个没选的更方便。

我们不能去评判，到底哪种生活观是好，哪种观点是坏。优秀的射手可以把箭直射靶心，是一种勇士，他付出了你难以想象的艰辛；平凡的射手射出很多箭总有一个到靶心，也是一种勇士，他敢于去经历尝试后再选择最好。还有一种智慧的射手，他在箭射出后，到箭插入的地方画一个圆心。

他们都完成了最终的快乐，到了终点。

我们都在羡慕第一种，那是比尔·盖茨生来就是为代码而活的优秀，我们多数人都挣扎在第二种，做很多努力达到公认的正确，却忘记了可以做第三种：无论你过上了怎样的生活，都可以调整自己的观点，接纳自己的生活，并找到理由支持自己的生活。

本来就没有对错好坏，只是不同的人生道路。

至少在你还折腾得起的年纪，就使劲折腾吧。允许自己去尝试，当尘埃落定，你敢说：我折腾过，你有吗？你更可以在十年后跟他们说：你这些迷茫，我在十年前就已经经历了。

因为迷茫，所以更坚定。这或许就是所谓的势能，迷茫得越久，沉淀的就越多，当真正选择来的时候，你就会更坚定。

你要做的只是：允许当下所发生的任何生活，如果你不喜欢，你可以坚持或者放弃，这都很好。不必生活着一种，然后又向往另外一种。

因为，接纳生活以它的方式呈现给你。弯路里不仅有风景，更可能是被忽视的近路。

何况，你还可能在路上收获另外的风景。（丛非从）

你不逼自己一把，
永远不知道自己有多出色

致女孩

当你伤痕累累，毫无自信的时候，你能做的，不是蹲下哭泣。
而是继续向前冲，脸上带着泪或带着笑。

　　我有一个同事Ａ，很多年前就跟着我做策划，后来说谈了恋爱，
要跟着男友去别的城市。

　　走了一段时间后，我才晓得男友对她不好，所以我问，她要不要
回来。

　　但她还想再坚持一段时间。

　　这一坚持就是三年，最后分手时，在那个陌生的城市里，她站在
街头，一直哭。

　　打电话给我，我说：回来吧。

　　我还有一个同事 B，暗恋某个男人，暗恋到把所有人都当成他，把所有的交谈、聊天都当成和他有关。可一次次的表白，却是一次次地被拒绝，许多人都觉得她傻，她也知道自己傻，可是却没有办法放弃。

　　我在一堆简历里捡到了她。

　　我还有同事 C、D、E、F……都是在失恋中挣扎，在我公司里，三十个姑娘，有接近三分之一的人，都是受了情伤而来的。

　　所以我说，我们团队，更像是受伤的人抱团取暖。

　　但有更多的人觉得，这样纯女性的团队，这样的失恋集中营，根本就没可能做好事情。

　　甚至于我的家人亲人朋友都这样认为。

　　从某种意义上来说，的确是这样。

　　我和大家实话实说。几乎每个失恋了来工作的姑娘，刚开始的时候都是浑浑噩噩的，她们像是行尸走肉一样，不知道做什么，也不知道自己能做什么。

　　有的人，开着开着会就哭。有的人，一首歌就能泪流满面。有的

人甚至没办法工作，必须再去旅行一段时间。还有的人，晚上都要同事陪着才能睡着。

她们没有任何的战斗力。就像是所有人说的那样，失恋的女人，是什么都做不好的。

但是我不信。

所以我跟每一个姑娘都说，你的骄傲呢？

听到的人，有的迷茫，有的愕然，有的深思。

但这都不重要。

每个受过伤害的女人，都会失去自信，人生陷入迷茫，觉得自己一无是处，遍体鳞伤之后就是尊严扫地。

但这些也不重要。

重要的是，我希望姑娘们能够明白。虽然此时此刻，你们毫无信心伤痕累累。但曾经，你们美好过，你们骄傲过。那么以后，你们依旧会美好，依旧会骄傲。

而现在的伤痛，不过是个人生阶段而已。

我就是带着这样的一群人，开始做一件件的事情。在别人的质疑目光里，一步步地往前走。

直到最近筹划的《陆琪广告喵》，这件事情其实很突发，事先都没有计划。但筹划出来后，必须整个团队承担起来。

大家在台前可能只见到我一个，却看不到我背后，这些工作人员的辛苦。

就是这群同事，她们曾经被失恋折磨得毫无自信浑浑噩噩。但在关键的时候，却爆发出了惊人的战斗力。

一天时间出台本，一天时间定计划，一天时间拍正片。甚至正片拍出后我们都觉得不满意，全部推翻重来都毫无怨言。

到今天为止，短短九天时间内，策划达成，宣传达成，道具达成，舞美达成，卫生巾广告达成，纪录预告片达成。

大家以战斗阵型，没日没夜地突击，谁也不会想到，这是个纯女性团队，是个失恋的姑娘组成的团队。

在这个时候，我不去讲公司和团队，只想再问一句。

姑娘，你的骄傲呢？

相信每个人都可以回答我：做到了，我的骄傲还在。

这就足够了啊。

阿黛尔的男朋友因为她太胖而劈腿分手，失恋的时候，阿黛尔曾想过从窗台上跳下自杀。但幸好没有，因为很快她就写出了《Someone Like You》这首歌，成为史上最出名的歌手。站在皇家艾伯特大厅唱着这首歌的阿黛尔泪流满面，但她却因此，拥有了骄傲。

我的同事们，ABCDEF们，其他所有找我求助的姑娘们，受伤的人们，当你伤痕累累，毫无自信的时候，你能做的，不是蹲下哭泣。而是继续向前冲，脸上带着泪或带着笑。

可你不能停，也没资格停。因为当你越受伤，就越是要骄傲。

骄傲，并不能疗伤，但却可以让你站着，走着，不倒下。　（陆琪）

许 / 你灵魂丰满,
愿 / 你欲望清瘦

愿 你 无 眠 的 夜 晚 有 人 想 念 ,
愿 未 来 有 人 与 你 相 伴

致女孩

如果有人爱你,就让他爱。

如果有花送来,就谢谢。

如果有人约你,就考虑。

在这世上,别人对你好,一般不会伤你之深。

只有你对别人好,才会一再反噬,令你痛苦。

所以,放心大胆地让人爱,而小心谨慎地去爱人。

爱情犹如一场排球赛,我根本没有发球权,我没可能赢这一局,我输了,而且输得惨烈,因为我爱你,太爱你,所以一败涂地……

年少的时候我们是不肯随便爱上一个人的。

当一个男孩子爱上了我,而我也觉得他不错,那并不代表我会选择他。是的,他和我很谈得来,他迁就我,疼我。他的条件很好。然而,我要找 一个我很爱很爱的人,我才会谈恋爱。

当那个被拒绝的男孩子可怜兮兮地问我:"你要找一个很爱很爱

的人？怎样才算是很爱很爱？"

我没法回答他，因为我自己也不知道。我怎么会知道呢？那个人还没出现。我相信我早晚会遇上他的。所以，在遇上他之前，我不会随便爱上别人。我要守候他来临。

那个时候，我们总是以为，我们会找到一个自己很爱很爱的人。后来当我们猛然回首，我们才会明白自己曾经多么天真。假如从来没有开始，你怎么知道自己很爱很爱那个人！

原来，很爱很爱的感觉，是要在一起经历了许多事情之后才会发现的。也许，你一辈子都找不到一个你很爱很爱的人。他还没达到让你很爱很爱的地步。

年少的时候，我们期待的那份很爱很爱的感情，只不过是在情窦初开时，无知的执着和幻想。

每个人心中都有一片"永不"之地。既然不可以永不长大，但愿永不苍老。永不苍老也是奢望，那么，可否永不孤单、永不害怕、永不忧伤、永不贫穷、永不痛苦？

有一天，当我幸福地在心中那片永不之地登陆，我或许还是永不失去。忘掉岁月，忘掉寂寞，忘掉你的坏，我们永不永不说再见。

有时候真的会很想忘记一件事、一个人。只是，想往往比做容易。

有时候真的常说要放弃一件事、一个人。但是，说往往比做轻易。

可能每一个人都希望能够找到自己心中百分百的伴侣，一个会让你很爱很爱的人，可是，有没有人想过这样一个问题：

真正能带给你幸福和快乐的是你心中寻找已久的百分百伴侣，还是已经待在你身旁默默对你付出很久的那个人。这个问题就像问你"觉得爱人与被爱哪个会比较幸福"一样，答案一直都在你的心中。

失去比得不到更加痛苦，因为，得不到的永远都是幻想中的美好，甚至连痛都不真实。但是，曾经拥有而后却失去才会让你感受真正的痛及后悔。

只希望每一人都能好好地看看身旁对你好、对你付出的人，你能想象有一天他不再在你身边、不再对你嘘寒问暖、不再对你关怀之时，你会如何？ （张小娴）

66

|第六辑|

内心是个温暖潮湿的地方，
适合任何东西生长

这个时代，每个人都在大声说话，每个人都在争分夺秒。想用最快的速度站上高处，但是也在瞬间失去态度。但愿你永远不要忘记出发时的初心，做那个义无反顾勇敢的流浪者，让每一个想扮演自己的人，都尽兴。你问我这个时代需要什么，在别人喧嚣的时候安静，在众人安静的时候发声。不喧哗，自有声。

很多时候，一个人选择了行走，不是因为欲望，也并非诱惑，他仅仅是听到了自己内心的声音。

99

未 经 你 的 同 意 ， 没 有 人 能 使 你 感 到 卑 微

致女孩 ●

希望你能在最好的年纪拥有最好的东西，

不要在最美的时候低眉顺目，为一个男人，一份没前途的工作，

斤斤计较地勉强着自己，毫无道理地牺牲。

认真地活着，别辜负了自己。

如果你追求的快乐是处处参照他人的模式，那么你的一生只能悲哀地活在他人的阴影里。

事实上，人活在这个世上，并不一定要压倒他人，也不是为了他人而活，而是自我价值的实现以及对自我的珍惜。

一个人是否实现自我，并不在于他比别人优秀多少，而在于他在精神上能否得到幸福和满足。

在一本杂志上我看见过这样一个故事：玛利亚每天都在房前的空

地上练习唱歌。一位邻居听了，冷笑着说："你即使练破了嗓子，也不会有人为你喝彩，因为你的声音实在太难听了。"

可是，当玛利亚听了并没有自卑或者生气，她回答："我知道，你所说的这番话，其他人也对我说过很多次，但我不在乎，我是为自己而活，不需要活在别人的认可里。我只知道我在唱歌的时候我很快乐，所以无论你们怎么指责我的声音难听，都不会动摇我继续唱下去的决心。"

可是，在现实生活中，很多女孩却常常为了他人一句无意的嘲笑，或者因同事一次无心的抱怨而闷闷不乐，甚至开始彻底地怀疑自己、否定自己。

虽然我们有必要听取别人对自己的评价，但也不能过分在乎，否则，烦恼的是你自己，痛苦的也是你自己。

一个朋友发短信对我说："以前我很辛苦，因为我太在乎别人对自己的看法了，所以，我很多时候都想做得面面俱到，结果把自己弄得很辛苦。现在，我开始跟着感觉走，也能比较清楚地表达我的看法。我只是想活得轻松一些，不要那么辛苦。"

的确，一生为别人而活着是很累，也很愚蠢。

除了自己，没有人能够侮辱我们。

我们每个人都不可能孤立地生活在这个世界上，很多知识和信息都来自别人的教育和环境的影响，但你怎样接受、理解是属于你个人的事情，这一切都要你自己去看待、去选择。

谁是最高仲裁者？不是别人，而是你自己！

歌德曾经说过："每个人都应该坚持走为自己开辟的道路，不被流言吓倒，不被他人的观点牵制。"让人人都对自己满意，这是不切实际的、应当及早放弃的期望。

如果你期望人人都对你感到满意，你必然会要求自己面面俱到。可是不论你怎么认真努力去适应他人，都无法做到完美无缺，让人人都满意。

只有懂得享受自己的生活，不受别人的消极影响，不管别人如何评价你，你的生活才会是幸福的。

我们每个人都生活在自己所感知的现实中，别人对你的看法也许有一定的原因和道理，但不可能完全反映出你的本来面目和完整形象。（木兮）

无须讨好世界，且让自己欢喜

致女孩

生活里的每一个姑娘，哪一个不是有着千种姿态万个故事。
每个人的故事里都有精彩温馨的片段，也有起起伏伏郁闷无趣的时候。
你所要做的无非是用最大的勇气，过你最想要的生活。

有这么几个姑娘，每个人的故事都不太一样。

姑娘 A。

少年班读书，高一时候被西安交大录取，放弃提早进入大学的机
会，去德国高中交换一年。随后在大家诧异的目光中去了世界联合书
院在印度的分校，在印度一待两年。这个春天被多个常春藤录取，弃
了布朗以及沃顿，全奖去了她的梦想大学普林斯顿。就在所有人为她
欢呼的时候，今天她告诉我，她准备在正式去上大学之前空出一年，
去秘鲁做社区服务。

姑娘 B。

从小去了意大利，以至于意大利语说得比中文流利，再加上前前后后学校里学的，粗略会说六国语言，成了朋友圈里出门最喜欢带的翻译。明明是个姑娘，总是短发板鞋干净利索，考了重型机车的驾照，拉风帅气。以至于到了毕业舞会时，为了选择长裙与否而伤透脑筋。前年邀一群朋友骑单车穿越德奥边境，就为了去一个叫奥地利小镇的地方图个新鲜。

姑娘 C。

在二十岁之前，去了世界两大高峰阿尔卑斯与喜马拉雅，做贝司手玩乐队，做舞台剧演员，做编剧写剧本，做短剧导演，做平面模特，做设计师，拥有自己的创业团队，热衷健身，玩极限运动。她说还有最后一件想做的事没完成，去非洲。

姑娘 D。

温柔而又善解人意的南方姑娘，高中就来到北方上学。高中毕业后与相处了三年的高中同学成了男女朋友。在学校里参与学生会工作还有志愿者活动。每天与男朋友打将近二十个电话，即使两人是在城市的两端，也会保持着一个星期三次以上的见面频率。夏天带男友去见爸妈，即使是毕业就结婚，也不太让人惊讶。

四个姑娘，四个故事，四种人生。

姑娘 A 的故事很励志很成功，姑娘 B 很帅气很勇敢，姑娘 C 经历丰富多彩，而姑娘 D 则平淡而波澜不惊。

看完故事的你，再回头看看，最喜欢哪一个？如果这是一道人生选择题，你的答案又是什么？

对大多数还在自习室奋斗的人来说，被普林斯顿录取的姑娘 A 是完美的励志故事。想要在意大利的姑娘 B 的率直的生活方式则需要上天给个出身的好运气。那些在大学里混得风生水起的往往喜欢姑娘 C。剩下的姑娘 D，好像和故事没多大关系。

不过故事总是写来给人看的，而讲故事的人也只会挑有趣的说。若是只图个好看精彩，那么再做完选择题之后，就到此为止了。

故事里没有说的是：

姑娘 A 一直都承受着压力。从德国开始，到印度到秘鲁再到普林斯顿，一路走来，奖学金始终是她最大的经济支援，也是她所有努力的最佳佐证。在德国的时候，面对着陌生的语言，一切都需要从零开始。在印度两年不仅仅只有恒河水、慢火车、辣咖喱，当报道中那些耸人听闻的群体暴力事件就发生在身边的时候，有多少十七八岁的小姑娘们不会胆战心惊。

姑娘 B 从未恋爱。

B 很重感情，却因为在米兰读书不能够经常回国，无法陪伴重病的亲人。从德国骑行去奥地利那段看似风光的旅途中，她在山路上摔了腿，又错过了凌晨返回的火车，用矿泉水简单地冲洗伤口，愣是架着自行车，换乘公交，在数个城市间无数次地转乘，最终从奥地利返回德国时连话都说不出来。

姑娘 C，卖过牛奶发过传单，坐在拖拉机上种过土豆，创业时出现各种问题时常伤透脑筋。开始玩乐队的时候，作为一个新手也曾尴尬无比。路上的故事也非顺风顺水，阿尔卑斯山顶上同伴颈部受伤，直升飞机将之送往医院躺了月余。

在去尼泊尔的旅途中为省机票钱在机场蹲了一整晚，住过最便宜的旅馆 6 块钱一个晚上，也遭遇过骚扰、假组织等凶险，数天家中未能联系上，以至于打电话向大使馆求助寻人。

姑娘 D 没有经历过上面三个姑娘中任何一个人的生活，她的大学、她的恋爱简简单单，而又温馨甜蜜。

宿舍桌子的台灯旁，摆着前不久男友生日时一起做蛋糕的照片。

照片里面，两个人都笑得很幸福。

所有人都羡慕前三个姑娘的前半段故事，看到最后，也会衷心觉得最后一个姑娘的生活最是实在。

到底怎么样的生活才是你想要的生活？四个姑娘的故事不会告诉你，简单选择题也不会告诉你。

前三个姑娘都赞叹第四个姑娘的幸福，第四个姑娘欣赏前三个姑娘的经历，却从来没有去羡慕。因为她觉得已经很幸福，这是她对于生活的完美期望。

你也可以去秘鲁体验生活，可以收到美国常春藤的通知书，可以在意大利米兰的街头骑重型摩托，也可以在北京约三两好友喝酒。可开不开心，满不满意，却不在于你在哪里生活，不在于你有多少激动人心的故事。

你过着的每一天每一分钟，是不是和朋友们在一起，是不是笑着，和你的位置没有关系，和你是怎么想的有关系。若是今天你愿意做个高兴的人，那么即使是在天桥下吹个口哨，在阳光底下眯起眼睛，都是满满的愉悦。

姑娘 A、B、C、D 都是我生活里真真实实生活着的人物，打扮普通，笑容阳光，或许上一秒就与你擦肩而过。

讲故事的人从来只挑有趣的部分。生活里的每一个姑娘，哪一个不是有着千种姿态万个故事。

每个人的故事里都有精彩温馨的片段，也有起起伏伏郁闷无趣的时候。你所要做的无非是用最大的勇气，过你最想要的生活。

我的好姑娘，你这么想着，下一秒可以开开心心，那么何须浪费这一秒忧虑迟疑。（王正）

如果生活羁绊了你的身体，
别让它也羁绊了你的心

致女孩

亲爱的女孩，无论你经历过什么，
都要努力让自己像杯白开水一样，要沉淀，要清澈。
白开水并不是索然无味的，它是你想要变化的所有味道的根本。
绚烂也好，低迷也罢，总是要回归平淡，
做一杯清澈的白开水，温柔得刚刚好。

前几天和一姑娘吃饭，吃到一半，她说："我已经二十三岁了，怎么办，好害怕自己老了。"我白了她一眼。

再前一阵子，一帮同学聚会唱歌，许久未见，来了十二个人，里面八个女孩子，其中七个单身。有一堆女孩子时，自然要聊起感情大事。已经准备明年和男朋友结婚的女生问其他都单身的女生："你们不着急吗，都二十五岁了，你们还单着不害怕吗，怎么还没有男朋友，过两年就老了……"听到一半，我默默地起身走开。

你有没有发现二十五岁变成一道分水岭？

在这一年，所有的人与事都在提醒你，你的身体机能在二十五岁到达了一个顶峰，之后你将会记忆力下降、熬不了夜，走向年老色衰的不归路。而二十五岁还没有男朋友的女青年将被列入"大龄剩女"的队列，你父母你亲戚你朋友将比你还要担心你是不是会嫁不出去。

于是，二十五岁的姑娘们，或者更年轻的二十岁出头的姑娘们，都已经在相亲找男朋友的路上前仆后继往前冲。

从小到大，我们的生活都和每个年龄绑在一起。有句话是"什么样的年龄就应该做什么样的事"，所以读完六年小学考中学、读完六年中学考大学、读完大学就要找工作，每一年都跟着下一年，不能停，因为害怕一停下来就输给了别人。

所以这就是为什么如果你大学毕业两年后还没有结婚，会成为七大姑八大姨的重点关注对象，因为你没有跟上节奏了。

当然，亲戚们拿年龄来"压迫"你，也许可能因为他们曾经的人生轨迹就是如此，他们接受不了不一样的生活。

可是，为什么姑娘们，你要自己拿年龄来绑架自己？明明你那么漂亮，又那么优秀，仅仅因为年龄，你要如此着急如此害怕，好像急于脱销的产品？二十五岁前把自己嫁出去，就能保证你的开心与幸福吗？

　　想起我的一个朋友，二十四岁时认识一个男孩子，当时家里催得很急，她其实也很想要结婚，于是在认识不到半年的时候就结了婚。谁料结婚后没多久，才发现老公嗜赌成性，而婆婆并不像一开始表现的那么好相处。

　　后来，婚姻生活可想而知，并不幸福，而这时候，她的娘家人都和她说：孩子这就是你的命，你认吧。于是，她也默默地维护好小家，现在已经是两个孩子的妈妈。曾经她那么温柔的脸庞，如今却带上一丝逆来顺受的意味。

　　这就像一场可怕的绑架，以性别、以年龄、以命运。从小到大，身边的人给予的绑架还少吗？

　　诸如此类："女孩子的理科没有男孩子好，数学肯定学不好的！""选科目时不要选理科，你们学不过男孩子的。""二十几岁就赶紧找个人嫁了吧，不要那么高眼光挑来挑去的，过几年你就没得挑了。""结婚后过得不好？没办法，把孩子带好就好了。"

　　大多数时候我们都在这样类似的环境与舆论中长大，环境如此，我们不能改变，可是其实很多姑娘也被这样改变了。

　　她们也认同这样的观点与价值观，然后就开始绑架自己，将自己着急地绑向每一段生活。未来，她们也可能这样绑架自己的孩子。姑娘们曾经深恶痛绝的七姑八姨，有一天姑娘们也将变成别人讨厌的七姑八姨。

　　一个女人，若没有经历，若没有沉淀，哪来的智慧与美丽？有些事，必然是要到一定年龄和阅历，才可能懂得，而一些美丽，也需要时间来等待绽放的。

　　所以，姑娘们，何必自己绑架自己呢？不是你年纪大就丑了，就没人要了。每个年龄都有每个年龄的美，岁月和经历能让人更美，而且是不易逝的美。不是吗？

　　如果你非要觉得二十五岁的自己就青春不再了，如果你非要认为二十五岁没有结婚就很失败，那姑娘，除了重塑你的价值观外，其他解救你的方法就只有让你自己在二十五岁前结了婚。

　　可是，估计就算结了婚也不能停止你绑架自己，因为年龄、命运一直在那。你遇到好的，不好的，你都可以用这些理由来绑架自己。

　　希望所有的姑娘，都不必被他人以这些理由绑架你的人生。

　　更希望所有的姑娘，都不会以这样的理由将自己绑架成一个不可爱的你。（苏小扬）

纵 然 世 界 残 酷 ， 你 可 以 是 自 己 的 信 徒

致女孩

你可以经历沧桑，但心态绝对不可以沧桑。
曾经沧海难为水，写进诗里是挺美，
但不论蹚过多少河，踏过多少浪，还是应该保持初心。
生活不是复杂的艺术，应是简单的法则，
越简单的人越容易获得快乐。

　　她曾经是位美丽文静的女同学，我们习惯叫她"玫瑰"。那时大家都迷恋亦舒的小说，就用《玫瑰的故事》里主人公的名字给她起了个好听的外号。

　　玫瑰有一张白皙温和的面孔，一副天生可以做歌星的好嗓子，说话语速总是慢慢的，音量总是小小的，但很能说到人的心底里去，而你却不知道自己是什么时候被她看穿的。

　　学生时代我们起初是对手，那时她身体不太好，却老和我争语文成绩第一名，不惜为此熬夜苦读练笔，可是，她的刻苦却敌不过我的小聪明，我的作文总是超过她；而我，也暗暗和她较劲，她擅长唱歌，我就偷偷练习发声，总想着在另一个舞台上盖过她的风头，但是，当她一开腔，我就知道自己白练了，我的努力抗不过她的天分，她的演出总是比我吸引更多的掌声。

后来，有一天，我们俩坐在校园操场的台阶上，看着湛蓝的天空中漫天舒展的云彩，有一搭没一搭地聊考哪一所大学，以及未来漫长、多彩而未知的生活，玫瑰突然笑眯眯地对我说："咱俩别争了吧，我有我的优点，你有你的精彩，做一对互补的好朋友多好。"

女孩不像女人，竞争没有那么多刀光剑影利益纷争，以及一定要东风压倒西风的虚荣，女孩的较量，大多是心气上的不服输，行为上却干净通透，搞不出《甄嬛传》那种宫斗人生，何况我们早就彼此欣赏。

那个下午，我们给了对方一个发自内心的温暖拥抱，于是各自少了一个假想敌，多了一个朋友，没有竞争对手的生活日渐轻松起来。

玫瑰再也不用熬夜看书，她经常跑跑步锻炼身体，早睡早起，体质逐渐好转，她说家里人讲以她的资质做到良好很轻松优秀却太辛苦，所以，各个方面均衡发展，不想再为了单项优秀或者超过某个人

而牺牲其他乐趣。

　　我也不再苦练本来就不擅长的唱歌，我坐在台下安静地听玫瑰演唱，由衷在心里为她鼓掌，没有憋着劲儿要超过某个人的较真，我把更多精力放在课外阅读中，在我喜欢的文字里徜徉，心里充满踏实的快乐，后来的高考作文几乎拿了满分，得以弥补数学成绩考上一所还不错的大学。

　　而玫瑰，则凭着均衡而良好的总分去了另一所重点大学，毕业后读研，然后留校任教。

　　仿佛生活的考验，玫瑰在大学里最具社会气息的管理学院教管理学，她的业绩说不上骄人，但也无可挑剔；毕业后嫁了相爱的普通人，日子过得波澜不惊；她每天都要午睡，做瑜珈，生活很有规律；她不要求老公做这做那，有时间俩人就一起逛街、旅行、看书，与周围一些拼尽全力却活得不尽如意的人相比，她难得安静平和。

　　我曾经笑问她，一个教管理学的老师，怎么能活得这么泰然，怎么面对无处不在的"人生管理"，怎么用专业知识解读"竞争对手"的概念?

　　她歪着头浅笑说："正是因为教管理学，正是因为看过那么多竞争对手分析和调研，我真心觉得中国绝大多数企业都没有强大到值得研究竞争对手的程度，因为自己分内的工作还没有做好，把分内事做好，做不了 No.1，也是优质企业，何必在意那个排名和对手？就像这个世界上绝大多数人都没有强盛到足以左顾右盼，为自己找'对手'，对别人评头论足，因为自己的日子都没有打理好——人最大的竞争力就是专注过好自己的生活，企业最大的竞争力就是专注做好自己的领域。"

我想起多年前她和我拥抱的那个下午，她如此轻巧地战胜了自己的心魔，删除了一个所谓的假想敌，收获了一个至今陪伴左右的伙伴，这是个多么聪明的姑娘。

而如今，我成为一名相对成熟的女性，听到别人的赞美不再手足无措地脸红心跳，我轻声道谢，在心里判断这些鼓励是友爱而生的表扬，还是礼貌得体的客气；遇上他人的批评不再慌里慌张地隐匿辩解，先想想对方说的有没有道理，在心里衡量自己需要改进的地方，我也觉得，自己并没有"吃亏"，而是沿着一条向上的路径慢慢行走。

真心为他人的成绩鼓掌，走好自己的方向，是我从玫瑰那儿收获的最大的友情红利。

　　她明白，等候，或者争取生活的答案是个煎熬而漫长的过程，但是，她同样学会了耐心等待、努力探索，专注于自己的光景，不对他人评头论足，不给自己设立对手，而是把所谓"对手"变成学习榜样，于是，她生活在没有对手的世界，所以，看上去并不出类拔萃的她，才是无敌并且强大的人。（李筱懿）

世上最累人的事，
莫过于虚伪地过日子

致女孩

你曾如此期盼外界的认可，到后来才知道，
世界是自己的，与他人无关。

　　读大学那时，我总想象自己进入职场以后，一定是个雷厉风行的
职场丽人，是那种穿着西装还要捋起袖子的、说话掷地有声的人。

　　在那时对"成功"的定义里，有一个显著的构成要素，就是得有
一个理性果敢、强硬有力的性格。

　　而事实上，我不是。

　　我只是一直以为我是。

　　我花了很长的时间才愿意相信：大多时候我还是一个温和的人。

没有捋起的袖子、没有激昂的雄辩、没有强势的语调；有的更多是安静的倾听、赞同的点头以及迎面的微笑。

这实在太背离心目中理想的成功者形象了。

其实我也是努力过的，为了成为一个"有魅力的成功女人"，我也曾试过在人群中高谈阔论、用不容置疑的语气指出别人的错误、在一场无关紧要的讨论中身子前倾摆出攻击者的姿态，连走路都刻意迈开步子，走得风风火火。

然而，在这副人格面具的背后，却是另一个截然不同的自己。真实的自己，是那个听首歌也会眼眶泛潮、看部电影也会泪流满面的人。

相比之下，我更热爱真实的自己，因为停留在真实里，我是放松的。

直到光阴消逝，年少的锋芒逐渐在现实里收敛，我才逐渐发觉，原来我已然接受自己不是一个老虎型的人了。

不管内心还潜藏着多少飞扬跋扈的意欲和惊涛骇浪的个性，我都将它们客气地视为一个老朋友了，我偶尔会欣赏"她"，却不愿意成为"她"。那是旧日的幻想，刻印着一个年轻人漂浮的自恋。

按照人本主义大师罗杰斯的观点，我们每个人都有一种与生俱来的本能，就是"成为自己"。

生命的过程，就是成为自己的过程。

从小到大，为了适应复杂的世界，我们给自己穿上了层层铠甲，俨然是一位战士。奋勇杀敌、攻城略池，这身刀枪不入的铠甲为我们赢得了周围人的赞许，同时，却也把那个亟待发育的内在小孩，深藏在铠甲里。

直到赞许褪去，城墙上的战士才猛然惊觉，根本就没有什么敌人，从来就是自己一个人在作战。

所有的赞许，只是观众给予一位独自挥舞的战士的喝彩。而可怜的战士，你为何要为他人空挥舞？

就是这样，随着理想自我中的那份叱咤风云在时光里销声匿迹，取而代之的，是我对温柔的认同。

作为群居的人类，当我体验到心灵之间所给予的温暖、精神桥梁所链接的共鸣、彼此欣赏所牵扯的感动时，我由衷地希望给自己和这个世界，多一点温柔。

我甚至觉得当年对意气风发的成功者形象的追逐，其实包含着太

多凌驾于弱者之上的优越感，我想这也是冥冥之中我抗拒成为那个角色的原因。

于是，温柔成为了新的理想自我。我似乎听到了内心的小孩在呼唤，呼唤我去做一个真实而温柔的人。真实是我的内核，温柔是我的向往。

然而，当我小心地尝试袒露自己的真实与脆弱，却仅被报以冰冷的回应；当我尝试与陌生人共情，却碰触到了回避的眼神；当我张开了友善的怀抱，却拥抱到了坚硬的外壳。原来，奔向温柔的路途，如此布满荆棘，令人望而生畏。

不过，没有关系，那我就先对自己温柔吧，这才是最重要的不是吗？要先学会和自己温柔相处，才可以和这个世界温柔相处。

我肯定，是人们嗅到了友善背后尚存的戾气，才不敢打开他们同样脆弱的心房。我更确信，理性是人们的自我武装。

幼时妈妈柔软的怀抱，是人们一生寻求依恋的原型，寻求不得，才武装以理性。

理性背后，是渴望柔软落地的心。对于这样的大胆假设，我决定

许 / 你灵魂丰满，
愿 / 你欲望清瘦

用温柔为介，去小心求证。

　　夜晚的城墙下，卸下了铠甲，我抚摸着内心的小孩，告诉他：你不必成为一名战士，只需要做一个真实而温柔的人。（感觉先生）

别怕，
你始终被人接纳和无条件地爱着

致女孩

你披荆斩棘过，也谨小慎微过，横冲直撞过，也不知所措过，
直到有一天，你和内心世界的自己面对面，
才明白，只有和自己握手言和，生活才会与你相爱。

上下班地铁的路上看完了苏菲·玛索在二〇一〇年的作品《穿梭少女梦》，故事情节并不新颖。

苏菲玛索饰演一个公司的女高管，在四十岁生日那天她收到了自己七岁时写下的给未来自己的信。

无非就是提醒她生活除了现实之外还有曾经的梦想。经过一番挣扎后她最终选择追随自己的内心，成为自己想要成为的人。

因为近来有太多关于追随梦想和内心的电影，所以这一部似乎不足为奇。但其中有一个细节让我最终决定在豆瓣评分上选择了四颗星。

苏菲·玛索饰演的那个叫作玛佳丽的女生幻想着自己未来会从事的四种职业，分别是鲸鱼医生、圣人、糕点师和公主。并分别写了四封信作为祝贺。但小玛佳丽在这四封信之外还写了一封信，并解释说如果未来从事的是"其他"工作，请打开它。

苏菲·玛索直到电影的最后才打开，那时的她已经辞去公司高管一职，和自己童年时的伙伴去西部做起了自己年少时最爱的"挖洞家"的工作。

她信步走在无垠的沙漠里，深吸一口气打算看看信里写了些什么。她在想自己没有实现小时候的梦想一定令小时候的自己备感失望，但让她没想到的是，信拆开是一张画满红色粉色爱心的画，上面用蜡笔大大地写着"我依然爱你"几个字。

看到这里时我的眼眶和电影中的女主角一样有些湿润了。

小时候我们对未来有着自己无限的遐想，也立志长大后一定要做伟大的职业。

但后来我们都未能兑现自己的承诺，不得不妥协于现实的残酷成为一个平平凡凡的人。我们势必会想自己令小时候的自己失望了，小时候的我们一定会很伤心。

但小玛佳丽却用一颗单纯、包容的心告诉长大后的自己：就算你没有成为那些伟大的人，没有做那些梦想做的事，也没有关系，我依然爱你，你依然是我心里那个最棒的人。

自己被自己全部地接纳。不论是阴影还是光亮，不论是伟大还是平庸，不论你曾经有多糟糕，不论现在的你被现实的棍棒击得多面目全非。

你都能够被完全地接纳，并且仍然被一个最重要的人——你自己无条件地爱着。

人都渴望自己被接纳被爱着，我们付出很多的努力试图让别人爱自己、接纳自己，但这世上没有人会无条件地做这些事情，即便是你的父母，也是因为你是他们生的，你是他们养大的小孩，所以才会爱你疼你。

但这世上唯有一个人会毫无条件、毫无保留地爱你的全部，这个人就是你自己。

我们总是习惯向外求支持、帮助和理解，却忽略自己就是自己的支柱和知己。

找一个风和日丽的下午，翻出孩提时候的照片、文字或者是声音片段，静静地阅读和聆听。然后尝试着用自己小时候的口吻告诉现在的自己：无论你有没有成为那些伟大的人，无论你有没有做梦想要做的事，这都没关系。

　　我依然爱你，你依然是我心中那个最棒的人！（苏小姐慢活手记）

版权声明

　　我社编辑出版的《许你灵魂丰满，愿你欲望清瘦》，由于无法与部分权利人取得联系，为了尊重作者权益，我方委托北京版权代理有限责任公司向权利人转付稿酬。本书的作者请与北京版权代理有限责任公司联系并领取稿酬。

　　联系方式如下：
北京版权代理有限责任公司
北京市海淀区知春路 23 号量子银座 1403 房间
邮编：100083　　　　　QQ：603454598
电话：133 1133 9559　　　邮箱：603454598@qq.com

现代出版社有限公司

图书在版编目（CIP）数据

许你灵魂丰满，愿你欲望清瘦 / 万诗语主编.—北京：现代出版社，2016.2（2019.1重印）

ISBN 978-7-5143-4010-5

Ⅰ.①许… Ⅱ.①万… Ⅲ.①散文集－中国－当代
Ⅳ.①I267

中国版本图书馆 CIP 数据核字（2015）第 308747 号

许你灵魂丰满，愿你欲望清瘦

主　　编	万诗语
责任编辑	赵海燕
出版发行	现代出版社
通讯地址	北京市安定门外安华里 504 号
邮政编码	100011
电　　话	010–64267325　64245264（传真）
网　　址	www.1980xd.com
电子邮箱	xiandai@vip.sina.com
印　　刷	辽宁星海彩色印刷有限公司
开　　本	880×1230　1/32
印　　张	8
版　　次	2016 年 2 月第 1 版　2019 年 1 月第 2 次印刷
书　　号	ISBN 978-7-5143-4010-5
定　　价	39.80 元